www.ingramcontent.com/pod-product-compliance
Lightning Source LLC
LaVergne TN
LVHW050816051026
849532LV00008B/2997
* 9 7 8 9 3 6 9 0 8 9 5 0 5 *

ملک ملک کی لوک کہانیاں

(بچوں کی کہانیاں)

مرتبہ:

سید حیدرآبادی

Mulk Mulk ki Lok KahaniyaaN (Short Stories)
by: Syed Hyderabadi
Edition: December '2025
Publisher :
Taemeer Publications LLC (Michigan, USA / Hyderabad, India)

ISBN 978-93-6908-950-5
9 789369 089505

کتاب	:	**ملک ملک کی لوک کہانیاں**
مرتب	:	**سید حیدرآبادی**
بہ تعاون	:	روشنائی ڈاٹ کام ویب سائٹ
صنف	:	ادب اطفال
ناشر	:	تعمیر پبلی کیشنز (حیدرآباد، انڈیا)
سالِ اشاعت	:	۲۰۲۵ء
صفحات	:	۶۴
سرورق ڈیزائن	:	تعمیر ویب ڈیزائن

فہرست

دیباچہ

لوک کہانیاں، انسانی تہذیب اور ثقافت کا ایک انمول ورثہ ہیں۔ یہ محض کہانیاں نہیں ہوتیں بلکہ نسل در نسل منتقل ہونے والی دانائی، اخلاقی اقدار اور تخیل کی پرواز کا ایک خوبصورت مجموعہ ہیں۔ بچوں کے لیے یہ کہانیاں سونے سے پہلے سنائی جانے والی لوریوں سے لے کر زندگی کی پیچیدگیوں کو سمجھنے کا پہلا زینہ ثابت ہوتی ہیں۔ ان کے ذریعے بچے نہ صرف مختلف معاشرتوں، رسم و رواج اور جغرافیائی ماحول سے آشنا ہوتے ہیں بلکہ بہادری، ایمانداری، محنت، ایثار اور ذہانت جیسے بنیادی اصولوں کو بھی اپنی شخصیت کا حصہ بناتے ہیں۔

لوک کہانیاں، تخیل کی دنیا کے دروازے کھولتی ہیں، انہیں نئے نئے کرداروں، جادوئی واقعات اور حیرت انگیز مہمات سے روشناس کراتی ہیں۔ یہ کہانیاں زبان کی ترقی میں بھی معاون ثابت ہوتی ہیں، نئے الفاظ، محاورات اور کہاوتیں سیکھنے کا موقع فراہم کرتی ہیں۔ ہر قوم، ہر علاقے کی اپنی منفرد لوک داستانیں ہوتی ہیں جو اس کے باسیوں کے دلوں کی ترجمانی کرتی ہیں اور ان کے مشترکہ خوابوں، امیدوں اور خوف کو بیان کرتی ہیں۔

یہ کہانیاں انسانی فطرت کے عالمگیر پہلوؤں کو اجاگر کرتی ہیں، کہ اچھائی ہمیشہ

برائی پر غالب آتی ہے، اور حکمت عملی ہمیشہ طاقت پر بھاری پڑتی ہے۔ اس کتاب میں شامل کہانیاں بچوں کو نہ صرف کہانی سننے کے سحر میں مبتلا کریں گی بلکہ انہیں مختلف ثقافتوں سے جڑی اقدار اور سبق بھی سکھائیں گی۔ یہ کہانیاں ان کے ذہنوں میں ہمیشہ زندہ رہیں گی اور انہیں بہتر انسان بننے کی ترغیب دیتی رہیں گی۔ پیش نظر کتاب "مُلک مُلک کی لوک کہانیاں" بچوں کے لیے ایک ایسا ہی خزانہ ہے جو دنیا کے مختلف گوشوں سے چنی گئی دس دل چسپ اور سبق آموز کہانیوں پر مشتمل ہے۔

ایرانی لوک کہانی 'مٹری کی کہانی' میں ایک ننھی سی بچی اپنی ذہانت اور حکمت عملی سے ایک دیو کو شکست دیتی ہے اور اپنے ساتھیوں کو بھی بچاتی ہے۔ ناروے کی کہانی 'قینچی اور درانتی' ایک ضدی خاتون کی کہانی ہے جو اپنی ہٹ دھرمی کی وجہ سے مشکلات کا شکار ہوتی ہے، اور ہمیں غیر ضروری ضد سے باز رہنے کا سبق دیتی ہے۔ جاپان سے 'سن بوشی' جیسے بہادر چھوٹے ہیرو کی داستان ہے جو اپنی ہمت اور پختہ ارادوں سے بڑے بڑے دیوؤں کو زیر کرتا ہے اور ایک عظیم شخصیت بنتا ہے۔

اسی طرح 'چاند کا بوڑھا' جاپانی کہانی ہمیں ایثار و قربانی کا درس دیتی ہے، جہاں ایک ننھا خرگوش اپنی مہربانی کے باعث چاند پر پہنچ جاتا ہے۔ 'دولت کا درخت' جاپان ہی کی ایک اور دل چسپ کہانی ہے جو نیکی کے صلے میں ملنے والی خوشحالی اور لالچ کے برے انجام کو واضح کرتی ہے۔ یونانی لوک کہانی 'ہاتھی دانت کا محل' ایک شکاری کے بیٹے کی جدوجہد اور ذہانت کو بیان کرتی ہے جو ناممکن نظر آنے والے کاموں کو اپنے دوستوں کی مدد سے ممکن بناتا ہے اور بالآخر انصاف کا

بول بالا کرتا ہے۔ روسی کہانی 'ساشا' میں ایک بچے کی شرارت اور اس کے نتائج کو بیان کیا گیا ہے، جس سے اسے ایمانداری اور دوسروں کے احساس کا سبق ملتا ہے۔ آئرش لوک کہانی 'برتن بنانے والا جیک' ایک چالاک آدمی کی کہانی ہے جو اپنی ہوشیاری سے شیطان کو تین بار مات دیتا ہے اور اپنے خاندان کو خوشحالی دیتا ہے۔ ہالینڈ سے 'ننھا ہیرو' کی داستان ہے جو اپنی ایک انگلی سے پورے گاؤں کو ایک بڑے سیلاب سے بچا لیتا ہے، اور بہادری کی ایک نئی مثال قائم کرتا ہے۔ جبکہ ہند کو لوک کہانی 'دانا بوڑھا' ہمیں بزرگوں کی حکمت اور ان کی دانائی کی اہمیت کو بتاتی ہے، جہاں ایک بوڑھا اپنی عقل سے مشکل حالات کو سلجھاتا ہے اور ایک خاندان کو فخر عطا کرتا ہے۔

ہمیں امید ہے کہ یہ کہانیاں بچوں کے لیے نہ صرف تفریح کا باعث بنیں گی انہیں زندگی کے اہم اسباق بھی سکھائیں گی، ان کے اندر عالمی ثقافتوں سے آگاہی پیدا کریں گی، اور انہیں ایک روشن اور بااخلاق مستقبل کی طرف رہنمائی کریں گی۔

ا

مٹری کی کہانی

ایرانی لوک کہانی

بہت پرانے وقتوں کی یہ بات ہے کہ ایک بہت شاداب سے گاؤں میں دو میاں بیوی رہتے تھے جن کا کوئی بچہ نہ تھا۔ وہ ہر وقت خدا سے یہی دعا کرتے رہتے کہ خدا انہیں اولاد دے۔

ایک دن کیا ہوا کہ وہ عورت شوربے کی پیالی ہاتھ میں لیے جارہی تھی کہ پیالی میں سے مٹر کا ایک دانہ اچھلا اور تندور میں جا گرا۔ تندور میں گرتے ہی وہ مٹر کا دانہ ایک خوبصورت اور نٹ کھٹ سی بچی بن گیا۔

اسی اثنا میں اس کی ایک پڑوسن جو ہر وقت اس کا دماغ کھاتی رہتی تھی، اس نے دیوار سے سر اوپر کر کے کہا: "اری بہن! میری بیٹیاں جنگل میں پھل پھول چننے جانے لگی ہیں۔ اپنی بیٹی کو بھی ان کے ساتھ بھیج دو جنگل میں پھل پھول چننے"۔

اس عورت کا چونکہ کوئی بچہ نہ تھا، وہ سمجھی کہ وہ ہمسائی کا سر کھا رہی ہے۔ وہ اس بات پر بہت غمگین ہوئی اور ایک ٹھنڈی آہ بھرتے ہوئے رونے لگی۔ مٹر نے رونے کی آواز سنی اور باتیں کرنے لگا، اس نے تندور کے اندر سے آواز سنی: "پیاری

اماں! مجھے باہر نکالو اور ان لڑکیوں کے ساتھ جنگل بھیجو!"

عورت حیران اور پریشان سی ہو گئی اور سمجھی کہ وہ خواب دیکھ رہی ہے۔ اسی وقت اس کے کانوں پر آواز پڑی اور اسے اندازہ ہوا کہ آواز تندور سے ہی آرہی ہے۔ وہ جلدی سے آگے بڑھی اور تندور کے اندر جھانکا اور ایک ننھی منی سی پیاری سی، بالکل ایک مٹر کے دانے جیسی چھوٹی سی بچی تندور میں پڑی ہے۔ وہ بہت خوش ہوئی اور اسے تندور سے باہر نکالا۔ اس نے اسے نہلایا دھلایا، اسے اچھے سے کپڑے پہنائے۔ اس کی بالوں میں مانگ کھینچی۔ اور اس کا نام رکھا مٹری۔ پھر اس نے پڑوسن کے بچوں کے ساتھ جنگل کی طرف بھیج دیا۔

مٹری پڑوسن کے بچوں کے ساتھ سورج ڈوبنے تک پھل پھول چنتی رہی۔ سورج پہاڑ کے پیچھے کہیں چھپ گیا اور سب بچوں نے کہا: "اب ہم گھر لوٹتے ہیں"۔

مٹری نے کہا: "ابھی بہت جلدی ہے۔ تھوڑی دیر اور چن لیں"۔

سب بچوں نے مٹری کی بات مان لی اور سبھی پھر سے جنگل میں پھل پھول چننے لگے۔ اندھیرے میں ٹھنڈی ہوا چلنے لگی، اور سبھی بچے اپنا کام ختم کر کے اپنے گھروں کی طرف چل دیے۔ اچانک ایک دیو اندھیرے سے نکل کر باہر آگیا۔

دیو نے کہا: "بچو بچو، چاند سے بچو! یہ راستہ کہاں اور تم کہاں! یہاں سے آگے جاؤ گے کہاں؟"

مٹری نے کہا: "ہم یہاں سے گھر کی طرف جا رہے ہیں"۔

دیو نے کہا: "چاروں طرف چھایا ہے اندھیرا۔۔ یہاں سے آگے ہے بھیڑیے کا ڈیرا۔۔ وہ آنکلا بچے، تو کیا بنے گا تیرا!!۔۔ اگر تم مانو، ایک مشورہ ہے میرا۔۔"

بچوں نے پوچھا: "کہیے، ہم کیا کریں اب؟"

دیو نے کہا: "گھروں کو نکلنا صبح سویرے۔۔ آج کی رات رہو گھر میرے۔۔"

مٹری نے کہا: "ٹھیک ہے، ہمیں قبول ہے"۔

اور وہ سبھی دیو کے ساتھ اس کے گھر کی طرف چل پڑے۔ دیو نے انہیں سونے کے کپڑے پہنائے اور جونہی وہ سو گئے اس نے اپنے آپ سے کہا: "آہا! کیسا ان کو میں نے الو بنایا۔۔ بھیڑیے سے ڈرا کے گھر لے آیا۔۔ کچھ دن ان کو کھلاؤں گا، پلاؤں گا۔۔۔ ان کو خوب موٹا تازہ بناؤں گا۔۔ جب ٹھیک سے پل جائے گا ایک ایک بچہ۔۔ مزے سے ان کو چباؤں گا کچا۔۔"

تھوڑی دیر گزری تو دیو نے اونچے سے کہا: "کون کون سوتا ہے، کون کون جاگتا ہے؟"

مٹری نے جواب دیا: "میں جاگ رہی ہوں"۔

دیو نے پوچھا: "آدھی ہے رات، سوتی ہے خدائی۔۔ پر تم کو نیند ابتک نہ آئی۔۔۔ کیوں بچے؟"

مٹری نے کہا: "مجھے اس طرح نیند نہیں آتی۔۔"

دیو نے کہا: "جھولا جھلاؤں کہ لوری سناؤں۔۔۔ بتاؤ بچی، تمہیں کیسے سلاؤں؟"

مٹری نے جواب دیا: "جب میں گھر میں ہوتی ہوں تو میری اماں سونے سے پہلے حلوا بناتی ہیں اور تلے ہوئے انڈے کے ساتھ مجھے کھلاتی ہیں۔

دیو گیا، حلوہ اور تلا ہوا انڈہ بنا کر لایا اور لا کر مٹری کے آگے رکھ دیا۔ مٹری

نے باقی سب لڑکیوں کو جگایا اور کہا: "اٹھو اور حلوہ اور تلا ہوا انڈہ کھاؤ"۔

سبھی لڑکیوں نے جی بھر کے حلوہ اور تلا ہوا انڈہ کھایا اور پھر جا کر سو گئیں۔

کچھ دیر گزری تو دیو نے اونچی آواز میں پوچھا: "کون کون سوتا ہے، کون کون جاگتا ہے؟"

مٹری نے جواب دیا: "سبھی سو رہے ہیں، صرف میں جاگ رہی ہوں"۔

دیو نے پوچھا: "تم کیوں جاگتی ہو؟"

مٹری نے کہا: "جب میں اپنے گھر میں ہوتی ہوں تو میری ماں ہمیشہ شام پڑنے کے بعد کوہ بلور کی طرف جاتی ہے اور چھلنی سے نُور نَدی کا پانی چھان کر لاتی ہے اور مجھے پلاتی ہے"۔

دیو ایک چھلنی ہاتھ میں لیے کوہ بلور اور نور ندی کی طرف چل دیا۔ وہ چلتا رہا، چلتا رہا، یہاں تک کہ صبح ہو گئی۔ مٹری اور باقی سبھی لڑکیاں نیند سے جاگیں اور انہوں نے دیو کے گھر سے جو چیز پسند آئی، اٹھالی اور گھر کو چل دیں۔ وہ آدھے راستے تک پہنچی تھیں کہ مٹری کو یاد آیا کہ ایک بہت خوبصورت سونے کا چمچ دیو کے گھر پڑا رہ گیا ہے۔ وہ واپس پلٹ گئی کہ جا کر وہ چمچ اٹھالے۔ جونہی وہ دیو کے گھر پہنچی، اس نے دیکھا کہ دیو گھر واپس آگیا پہنچ آیا ہے۔ وہ اپنی جگہ لیٹ گئی اور سونے کا چمچ اٹھانے کے لیے رینگنے لگی۔ اس کوشش میں برتنوں کے ٹکرانے سے کھٹ کھٹ کی آواز پیدا ہوئی جو دیو نے سن لی۔ اس نے ہاتھ بڑھا کر مٹری کو پکڑ لیا۔ اس نے اسے پکڑ کر ایک بوری میں بند کر دیا اور بوری کے منہ کو باندھ دیا اور جنگل چلا گیا تاکہ مٹری کو پیٹنے کے لیے انار کی لکڑی سے ڈنڈا بنا لائے۔

مٹری نے جیسے تیسے، زور لگا کر بوری کی گرہ کھول لی اور باہر نکل آئی۔ اس نے دیو کے پالے ہوئے میمنے کو پکڑ کر بوری میں ڈال دیا اور گرہ دے کر ایک کونے میں چھپ کر کھڑی ہو گئی۔

دیو بغل میں چھڑی دبائے واپس آیا اور اس کے ساتھ زور زور سے اپنے میمنے کو پیٹنے لگا۔ میمنا مارے درد کے زور سے ممیاتا اور چلاتا، اور دیو اسے اور زور سے مارتا جاتا اور کہتا: "پہلے مجھے الو بناتی ہو!۔۔ پھر میرے گھر کی سبھی چیزیں اٹھا لے جاتی ہو۔۔۔ اب میمنے کی طرح ممیاتی ہو!"

جب میمنے نے ممیانا اور تڑپنا بند کر دیا تو دیو نے بوری کو کھولا۔ کیا دیکھتا ہے کہ اس کا لاڈلا میمنا اسی کے ہاتھوں مارا گیا ہے۔ وہ غصے سے پاگل ہو گیا اور دائیں بائیں سونگھنے لگا۔ گھر کے ہر کونے کھدرے سے ڈھونڈنے کے بعد آخر اس نے مٹری کو ڈھونڈ لیا اور اسے پکڑ کر اونچی آواز میں چلایا: "میں تیری تکا بوٹی نہیں بناؤں گا۔۔ میں تمہیں زندہ ہی کھاؤں گا۔۔۔ اور تیری شرارتوں سے جان چھڑاؤں گا۔۔"

مٹری نے کہا: "اگر تو مجھے زندہ کھائے گا تو میں تیرے اندر جا کر تیرا پیٹ پھاڑ ڈالوں گی اور باہر نکل آؤں گی"۔

دیو ڈر گیا اور سوچا کہ یہ سچ مچ میری انتڑیاں توڑ ڈالے گی اور میرا پیٹ پھاڑ دے گی۔ اس نے پوچھا: "تجھے ایسے نہ کھاؤں۔۔ تو پھر کیسے کھاؤں؟"

مٹری نے کہا: "پہلے روٹیاں پکاؤ۔ پھر میرے کباب بھوننا اور مجھے روٹی کے ساتھ مزے لے لے کر کھانا۔ تمہیں پتہ ہی ہے کہ روٹی اور کباب کیسے مزے کا کھانا ہے"۔

یہ بات سنتے ہیں دیو کے منہ میں پانی بھر آیا اور جھاگ بن کر اس کی باچھوں سے نکلنے لگا۔ اس کا دل گرما گرم کباب اور تازہ روٹی کے لیے بے چین ہو گیا۔ وہ تیزی سے تندور کی طرف گیا اور اس میں آگ جلائی۔ جو نہی وہ روٹی پٹخنے کو تندور میں جھکا، مٹری اس کی بغل سے پیچھے کود گئی۔ اس نے دیو کو ایک زور دار دھکا دیا جس سے وہ جلتے ہوئے تندور کے اندر جا گرا۔ مٹری سونے کا چمچ اٹھا کر واپس اپنے گھر اپنے ماں باپ کے پاس جا پہنچی اور ان کے ساتھ ہنسی خوشی رہنے لگی۔

***

۲

قینچی اور درانتی

ناروے کی لوک کہانی

بہت عرصے کی بات ہے۔ ایک گاؤں میں ایک غریب کسان رہتا تھا۔ یوں تو وہ ہر لحاظ سے خوش حال رہتا تھا کیونکہ اس کا کھیت وسیع تھا اور فصل ہمیشہ عمدہ ہوتی تھی لیکن بیوی کی وجہ سے اس کا ناک میں دم رہتا تھا۔ وہ بہت ہی ضدی اور ہٹ دھرم تھی اور ہمیشہ الٹی بات سوچتی تھی۔ اسی لیے گاؤں کے سب ملنے جلنے والوں نے اس کا نام "الٹی کھوپڑی" رکھ دیا تھا۔

جب وہ گھر سے باہر نکلتی تو بچے اسی نام سے پکار کر اسے پکارتے اور جب وہ مارنے کے لیے دوڑتی تو دور بھاگ جاتے تھے۔ وہ کھیت میں کام کرتی تو ایک جھاڑی سے آواز آتی "ارے بہن الٹی کھوپڑی کیا کر رہی ہو۔" وہ جل کر اس جھاڑی کی طرف لپکتی تو فوراً دوسری جھاڑی سے ویسی ہی آواز آتی۔ وہ رک جاتی اور پلٹ کر دوسری طرف جاتی کہ اتنے میں ایک اور آواز تیسری جھاڑی سے آتی۔ یہ سب کچھ ہوتا لیکن وہ اپنی بری عادت نہیں چھوڑتی تھی۔

پڑوس کی عورتیں بھی اس سے تنگ آگئی تھیں جب وہ بولتیں کہ کنویں پر

چلیں، پانی لے آئیں تو وہ کہتی کہ نہیں پانی تو ندی سے لانا چاہیے۔ جب وہ کہتیں کہ آؤ اپلے پہاڑی پر تھاپ دیں تو وہ کہتی کہ نہیں پہاڑی کے دامن میں مناسب رہیں گے۔ جب مچھلی والا اس کے گھر کے قریب آواز لگاتا "بام مچھلی لے لو، بام مچھلی۔" تو وہ کہتی کہ تم سرمئی یا سنگھاڑا کیوں نہیں لائے اور جب سرمئی یا سنگھاڑا مچھلی ہوتی تو بام مانگتی۔ کسان کہتا کہ آج آلو پکالو تو وہ کہتی کہ نہیں آج تو دال پکے گی۔ خاوند کہتا کہ میری قمیض پھٹ گئی ہے۔ ذرا اس کو سی دو، تو وہ کہتی کہ نہیں پاجامہ درست کرالو، حالاں کہ وہ پہلے ہی ٹھیک ہوتا تھا۔ وہ اپنے خاوند کو سخت جاڑے میں ٹھنڈا شربت پلاکر بیمار کردیتی اور کہتی کہ گرمی کے موسم میں صرف گرم چائے پی جاتی ہے۔ اسی لیے سب کو یقین تھا کہ اس کی کھوپڑی الٹی لگی ہوئی ہے۔

پڑوسی آکر کسان سے شکایت کرتے کہ تمہاری بیوی ہمیشہ ہم سے الجھتی رہتی ہے۔ وہ افسوس کا اظہار کرکے کہتا "بھائیو! اسے غنیمت سمجھو کہ وہ تمہاری بیوی نہیں ہے۔ وہ باہر نکل کر صرف چند لمحے کے لیے تم سے الجھتی ہے۔ میرا اس کا ہر وقت کا ساتھ ہے۔ وہ اپنی الٹی کھوپڑی سے میرا دماغ بھی الٹ کر رکھ دیتی ہے۔ میں رات کو تھکاہارا چت لیٹتا ہوں تو وہ ٹہوکا دے کر کہتی ہے کہ کروٹ سے کیوں نہیں لیٹتے۔ جب میں کام پر جلدی جانے کے خیال سے روٹی کے نوالے تیز تیز کھاتا ہوں، تو وہ روک کر کہتی ہے کہ اتنی جلدی کیوں ہے، ابھی بہت دقت ہے اور جب میں آہستہ آہستہ اطمینان سے روٹی کھاتا ہوں تو وہ کہتی ہے کہ جلدی کرو، کام کا ہرج ہو رہا ہے۔ کھانا ساتھ لے جاؤ۔ راستے میں چلتے چلتے کھالینا، حالاں کہ اس روز کھیت پر جلدی جانے کا کوئی سوال نہیں ہوتا۔ اس لیے میرے بھائیو! میں تو خود بھی اس سے

تنگ آ گیا ہوں، بتاؤ تمہاری شکایات کس طرح دور کروں؟"

فصل پک جانے کا زمانہ تھا۔ ایک روز دونوں میاں بیوی صبح ہی صبح اپنے کھیت دیکھنے کے لیے گھر سے روانہ ہوئے۔ کسان نے خیال ظاہر کیا، " منگل تک فصل کاٹنے کی نوبت آئے گی" بیوی بولی "نہیں بدھ سے پہلے یہ کام ہرگز شروع نہ کیا جائے۔"

خاوند نے کہا " بہت اچھا۔ میرا خیال ہے کہ میں اپنے دو بھائیوں کو بلوا لوں تاکہ وہ ہمارا ہاتھ بٹا سکیں۔" بیوی بولی۔ " نہیں میرے دو بھائیوں کو بلواؤ، وہ زیادہ پھرتی سے کام کرتے ہیں۔"

خاوند نے یہ بات بھی مان لی اور کہا " کل صبح سے پانچ بجے اٹھنا پڑے گا تاکہ سورج ڈھلنے تک روزانہ بہت سا کام ہو جایا کرے۔" بیوی نے کہا " نہیں، چھ بجے سے پہلے اٹھنے کی ضرورت نہیں ہے۔ ہم دوپہر کو صرف آدھ گھنٹے آرام کیا کریں گے۔" خاوند نے کہا " چلو، یوں ہی سہی۔ موسم تو خوشگوار ہے۔ دوپہر کو آرام نہ بھی کیا تو کوئی مضائقہ نہیں۔" بیوی بولی۔

" موسم خوشگوار کب ہے۔ سخت گرمی ہے اور خاک بھی اڑاتی ہے آرام کرنا ضروری ہو گا۔"

خاوند نے بات مان لی اور کہا " آج ہی درانتیاں تیز کرا لینی چاہئیں، تاکہ فصل اچھی طرح کٹ سکے۔" بیوی بولی۔

" واہ کیا خوب! درانتیاں نہیں قینچیاں کہو۔ اس سال ہم درانتی کے بجائے قینچیاں استعمال کریں گے۔"

اب خاوند سے نہ رہا گیا۔ وہ جھلا کر بولا "واقعی الٹی کھوپڑی کی عورت ہو تم۔ رائی کی فصل کہیں قینچی سے کٹتی ہے۔ تمہاری عقل تو خراب نہیں ہو گئی۔"

بیوی نے بگڑ کر کہا "عقل خراب ہو گی تمہاری۔ ہم تو فصل قینچی سے ہی کاٹیں گے۔"

خاوند بولا "پاگل نہ بنو۔ میں قینچی کو قریب بھی لانے نہ دوں گا۔"

"اور میں درانتی کو ہاتھ بھی لگانے نہیں دوں گی۔" بیوی نے تڑک کر کہا۔

"نہیں قینچی ہر گز نہیں۔"

"نہیں، درانتی ہر گز نہیں۔"

"لوگ رائی کی فصل قینچی سے کاٹتے دیکھیں گے تو ہم پر ہنسیں گے۔"

"نہیں وہ درانتی دیکھ کر ہمارا مذاق اڑائیں گے۔"

"تم نہیں جانتیں۔ اس موقع کے لیے درانتی ہی زیادہ مناسب ہے۔"

"کون کہتا ہے۔ قینچی سے بہتر کوئی چیز نہیں ہے۔"

"کچھ بھی ہو، میں کہتا ہوں کہ درانتی چلے گی۔"

"اور میں کہتی ہوں کہ قینچی چلے گی۔"

یہ بحث کرتے ہوئے دونوں میاں بیوی ندی پر بنی ہوئی پلیا پر سے گزر رہے تھے۔ بیوی غصے سے اس درجہ بے تاب تھی کہ اسے یہ خیال بھی نہ رہا کہ پلیا کے دونوں طرف منڈیر نہیں ہے۔ آخری بار جو اس نے غصے میں پلٹ کر جواب دیا تو پاؤں کنارے سے باہر جا پڑا اور وہ سنبھل نہ سکی۔ دھڑام سے ندی میں گر گئی۔ پانی اس جگہ خاصا گہرا تھا اور اسے زیادہ تیرنا نہیں آتا تھا۔

وہ ڈبکیاں کھانے لگی۔ پہلی ڈبکی پر جب وہ ابھری تو اس کا سانس چڑھا ہوا تھا۔ وہ مدد کے لیے نہیں چلائی بلکہ چیخ کر بولی "قینچی، صرف قینچی۔"

کچھ خاوند کو بھی اس روز ضد ہو گئی تھی۔ اس نے فوراً چلا کر کہا "نہیں درانتی۔" اور بیوی کو پانی سے باہر نکالنے کی ترکیب پر غور نہیں کیا۔

بیوی اپنے خاوند کا جواب سن نہیں سکی۔ وہ پھر پانی کے نیچے پہنچ چکی تھی اور جب وہ دوبارا ابھری تو پھر چیخ کر کہنے لگی۔ "قینچی صرف قینچی"

اب اس کا سانس زیادہ اکھڑ چلا تھا۔ خاوند تنگ آگیا اور اسے بیوی پر ذرا بھی ترس نہ آیا۔ اس نے فوراً کہا "صرف درانتی۔"

اب بیوی نے جلدی جلدی غوطے کھانے شروع کر دیئے۔ لیکن وہ جتنی بار پانی سے ابھری، اس نے صرف ایک ہی لفظ کہا "قینچی۔" اور خاوند نے بھی جواب ہٹ دھرمی پر اتر آیا تھا۔ "درانتی" کہنے کے سوا اپنا فیصلہ نہ بدلا۔

پھر بہت دیر تک عورت پانی میں غائب رہی۔ آخری بار جب وہ ابھری تو نیم بے ہوشی کے عالم میں تھی۔ اس کی زبان بند ہو چکی تھی کیونکہ بولنے کی قوت جواب دے گئی تھی۔ اس نے بڑی مشکل سے اپنا ایک ہاتھ پانی کی سطح سے اونچا کیا اور قینچی کے دو پھلوں کے انداز میں دو انگلیاں مٹکا کر گویا اشارے سے ظاہر کیا کہ فصل قینچی سے کٹے گی۔

مرد بھی اپنی ضد سے باز نہ آیا۔ اس نے ترکی بہ ترکی جواب دینے کے لیے اپنا ہاتھ بھی اس طرح لہرایا جیسے فصل کاٹتے وقت درانتی گھمائی جاتی ہے۔

اس کے بعد عورت کا سر پانی کی سطح پر بالکل نظر نہیں آیا۔ خاوند کچھ دیر تک

لہروں پر نظر جمائے گھورتا رہا۔ پھر اس نے چیخنا چلانا شروع کیا "ارے لوگو! دوڑو۔ الٹی کھوپڑی پانی میں ڈوب گئی۔ اسے بچاؤ، جلدی بچاؤ۔"

آس پاس کے سب کسان بھاگے آئے۔ تقریباً سبھی تیرنا جانتے تھے۔ انہوں نے لنگر لنگوٹے کس لیے اور فوراً ندی میں کود پڑے۔ وہ اسی جگہ پانی میں ڈبکیاں لگاتے چاروں طرف ہاتھ پاؤں مارتے رہے۔ پھر پانی کے بہاؤ کی طرف چلنے لگے لیکن کسان نے فوراً للکار کر کہا "نہیں بھائی نہیں، تم اس الٹی کھوپڑی والی عورت کو اچھی طرح جانتے ہو اور پھر بھی پانی کے بہاؤ کی طرف اسے ڈھونڈنا چاہتے ہو۔ وہ ضرور چڑھاؤ کی طرف گئی ہوگی۔"

یہ بات لوگوں کی سمجھ میں آگئی۔ وہ کوشش کرکے چڑھاؤ کی طرف تیرنے لگے اور بہت جلد عورت پانی کے اندر اگنے والی ایک جھاڑی میں پھنسی ہوئی مل گئی۔ اس کے ایک ہاتھ کی دو انگلیاں قینچی کے دو پھلوں کے انداز میں کھلی ہوئی تھیں حالانکہ وہ مرچکی تھی مگر اس طرح اپنا خاموش فیصلہ دے رہی تھی۔

کسان روتا دھوتا بیوی کا جنازہ اپنے گھر لے گیا۔ شام کو اس کی تجہیز و تکفین کر دی گئی اور خاوند نے یادگار کے طور پر اس کی قبر کے سرہانے ایک درانتی گاڑ دی۔ جو آج تک گڑی ہوئی ہے۔

***

۳

سن بوشی

جاپانی لوک کہانی

جاپان میں کسی جگہ ایک میاں بیوی بڑی خوش حال زندگی بسر کر رہے تھے، لیکن بد قسمتی سے ان کی کوئی اولاد نہ تھی۔ ایک روز وہ عبادت گاہ میں گئے اور گڑگڑا کر دعا کی۔ "اے اللہ، اپنی رحمتوں سے ہمیں ایک بچہ عطا فرما، چاہیے انگلی کے ایک پور کے برابر ہو۔"

کچھ عرصے بعد ان کے ہاں ایک خوب صورت لڑکا پیدا ہوا۔ لیکن اس کا قد بالغ انسان کی اُنگلی سے بھی کم تھا، اس کے باوجود اس کے والدین نے اسے ناز و نعم سے پالا جیسے وہ ان کی آنکھ کا تارا ہو۔ لڑکا انتہائی ذہین اور اچھے اخلاق کا تھا۔۔۔ مگر اس کے قد میں اضافہ نہ ہوا۔ اڑوس پڑوس کے لوگ بھی اس سے محبت پیار سے پیش آتے اور اُسے سن بوشی کے نام سے پکارتے "سن" ایک پیمانہ ہے تقریباً تین سینٹی میٹر کے برابر اور "بوشی" کے معنی پروہت کے ہیں۔

پُرانے زمانے میں بچوں کے سر پر ہیتوں کے مانند منڈے ہوئے ہوتے تھے جنہیں "پروہت" کہا جاتا۔ آہستہ آہستہ یہ بچوں کا معروف نام بن گیا۔ ایک روز سن

بو شی نے شاہی دارالحکومت کیا ٹو جانے کا ارادہ کیا تاکہ وہ زندگی میں کوئی اُونچا مقام حاصل کر سکے۔ اس نے والدین سے کہا "پیارے امی ابا، میں دارالحکومت جانا چاہتا ہوں۔ وہاں پڑھوں لکھوں گا اور بڑا آدمی بن جاؤں گا۔ مجھے جانے کی اجازت دیجیے۔" پہلے تو والدین کسی قدر ہچکچائے لیکن انہیں اپنے بیٹے کی ذہانت پر اعتماد تھا، اس لیے خوشی خوشی اجازت دے دی۔ انہوں نے ایک سوئی کی تلوار بنائی اور تنکے کی نیام میں ڈال کر سن بو شی کے پہلو میں لٹکا دی۔ اس کے علاوہ ایک پیالہ اور ہاتھی دانت سے تیار کردی تیلی بھی دی۔

سن بو شی نے ماں باپ کو خیر باد کہا اور سفر پر نکل کھڑا ہوا۔ دارالحکومت کو ایک دریا جاتا تھا۔ اُس نے پیالے سے کشتی کا کام لیا اور ہاتھی دانت کی تیلی سے چپو کا، اور کئی دن تک دریا کے بہاؤ کے ساتھ ساتھ کشتی کھیلتا رہا، آخر کار دارالحکومت پہنچ گیا۔ شہر میں داخل ہوا، تو اسے ایک وسیع و عریض شان دار محل دکھائی دیا یہ ایک با اثر وزیر کی رہائش تھی۔

دروازے پر سن بو شی چلانے لگا: ہیلو، ہیلو۔۔۔" اندر سے ایک نوکر بھاگتا ہوا آیا، لیکن اُسے کچھ دکھائی نہ دیا۔ آواز دوبارہ سنائی دی۔ اس نے غور سے دیکھا، تو دروازے کی اوٹ میں بونے سن بو شی پر نظر ڈالی۔ "میرا نام سن بو شی ہے، میں یہاں پڑھنے کے لیے آیا ہو، مہربانی کر کے مجھے وزیر کے خادموں میں رکھ لو۔" نوکر نے اسے پکڑ کر ہتھیلی پر بٹھالیا اور وزیر کے سامنے لے گیا۔ سن بو شی نے احترام سے سر جھکایا اور کورنش بجالایا۔ وزیر اور اس کے مصاحب بہت متاثر ہوئے، اسے محل میں ملازمت اور رہائش کی اجازت مل گئی۔ اگرچہ کوتاہ قد تھا۔ لیکن انتہائی ذہین

ہونے کی بناء پر ہر کام بڑے سلیقے سے انجام دیتا۔ اُس کی سب سے اعلیٰ صفت یہ تھی کہ وہ ہر ایک کے ساتھ خوش خلقی سے پیش آتا۔ اسی بناء پر لوگ اُسے بہت چاہتے۔ خصوصاً وزیر زادی کا دل اُس نے موہ لیا اور وہ ہر وقت اُسے ساتھ رکھتی۔

ایک روز وزیر زادی کینن (رحم کی دیوی) کی عبادت گاہ میں گئی۔ سن بوشی بھی ہم راہ تھا۔ واپسی پر دو چڑیلوں نے اچانک ان پر حملہ کر دیا۔۔ اور وزیر زادی کو اُچک لے جانے کی کوشش کی۔ سن بوشی جو اُس کی آستین میں چھپا ہوا تھا، جست لگا کر باہر نکلا اور تلوار سونت کر کہنے لگا: "جانتی ہو میں کون ہوں؟ میں وزیر زادی کا محافظ ہوں۔"

ایک چڑیل نے بڑے مزے سے اُسے نگل لیا۔ سن بوشی اس قدر چھوٹا تھا کہ آسانی سے چڑیل کے معدے میں چل پھر سکتا تھا۔ اُس نے اپنی تلوار سے معدے میں کچوکے لگانے شروع کر دیے۔ تنگ آکر چڑیل نے اُبکائی کے ذریعے اُسے باہر اُگل دیا۔ اس پر دوسری چڑیل سن بوشی کی طرف بڑھی، لیکن بونے نے اچھل کر تلوار کی نوک اُس کے آنکھ میں گھونپ دی۔ ابھی وہ سنبھلنے بھی نہ پائی تھی کہ دوسری آنکھ بھی پھوڑ دی۔ درد سے کراہتی ہوئی دونوں چڑیلیں سرپٹ بھاگ کھڑی ہوئیں۔

جب وہ وزیر زادی کے ساتھ گھر کی طرف چلنے لگا، تو اس کی نگاہ ایک چھڑی پر پڑی جو چڑیلیں چھوڑ گئی تھیں۔ یہ چڑیلوں کا خزانہ یعنی جادو کی چھڑی تھی۔ اسے ہوا میں لہرانے سے ہر شے حاصل کی جاسکتی تھی۔ وزیر زادی چھڑی دیکھ کر بولی: "پیارے سن بوشی، یہ جادو کی چھڑی ہے، تم جو جی چاہے حاصل کر سکتے ہو۔"

"نہ مجھے دولت کی ضرورت ہے نہ گندم اور چاول کی" سن بو شی نے کہا۔

"میری خواہش یہ ہے کہ میرا قد لمبا ہو جائے۔" وزیر زادی نے چھڑی ہوا میں لہراتے ہوئے کہا: "سن بو شی کا قد بڑھا دے، بڑھا دے۔" ساتھ ہی سن بو شی کا قد بڑھنے لگا یہاں تک کہ وہ ایک خوب صورت جوان بن گیا۔

اس کے بعد سن بو شی کی شادی وزیر زادی سے ہو گئی اور وہ اپنے والدین کے ساتھ ہنسی خوشی زندگی بسر کرنے لگا۔

***

۴

چاند کا بوڑھا

جاپانی لوک کہانی

آج سے صدیوں پہلے کا ذکر ہے کہ جاپان میں کسی جگہ لومڑ، بندر اور خرگوش رہتے تھے۔ ان کی آپس میں بہت گہری دوستی تھی۔ اگر ان میں سے کسی ایک کو کھانے کے لیے کچھ نہیں ملتا تو باقی دو اس کو کھانے کے لیے کچھ دیتے۔ اسی طرح وہ ہنسی خوشی زندگی بسر کر رہے تھے۔

ایک دن چاند پر رہنے والے بوڑھے نے زمین پر دیکھا۔ اس کی نظر ان تینوں پر پڑی۔ وہ بہت خوش ہوا اور دل ہی دل میں کہنے لگا۔ کتنے اچھے ہوتے ہیں وہ لوگ جو پیار اور محبت سے زندگی گزارتے ہیں۔ یہ تینوں بہت گہرے دوست ہیں لیکن یہ دیکھا جائے کہ ان میں سب سے زیادہ رحمدل کون ہے؟۔ ان کا امتحان لینا چاہیے۔

یہ سوچ کر دوسرے دن وہ فقیر کا بھیس بدل کر اس جگہ پہنچا جہاں بندر، لومڑ اور خرگوش رہتے تھے۔ اس نے کہا: " میں تین دن سے بھوکا ہوں۔ اللہ کے لیے مجھے کچھ کھانے کو دے دو۔ "

خرگوش، بندر اور لومڑ ایک ساتھ بولے: " بابا! آپ یہاں بیٹھیں، ہم آپ

کے لیے کھانے کا انتظام کرتے ہیں۔

تھوڑی دیر بعد بندر بہت سارے پھل اور لومڑ دریا سے ایک بڑی سی مچھلی شکار کر کے لے آیا۔ لیکن خرگوش بے چارے کو ایسی کوئی چیز نظر نہیں آئی جو وہ بوڑھے فقیر کے لیے کچھ کھانے کو لادے۔ خرگوش نے بندر سے کہا: "بندر بھیا! میرے لیے کچھ لکڑیاں تو اکٹھی کر دو۔ بندر نے بہت ساری لکڑیاں لادی۔ پھر اس نے لومڑ سے کہا: "بھیا آپ ذرا ان کو آگ تو لگا دے۔ لومڑ نے لکڑیوں کو آگ لگادی۔

خرگوش نے روتے ہوئے چاند کے بوڑھے فقیر سے کہا" بابا! میں آپ سے بہت شرمندہ ہوں۔ بندر اور بھیا لومڑ آپ کے لیے کچھ لائے لیکن میں آپ کے لیے کچھ نہ لاسکا۔ اس لیے میں اپنے آپ کو آگ میں ڈال رہا ہوں۔ جب خوب اچھی طرح پک جاؤں تو نکال کر کھالینا۔ یہ کہہ کر خرگوش آگ کی طرف دوڑا۔ لیکن چاند کے بوڑھے نے اسے پکڑ لیا اور ان تینوں سے کہنے لگا:

"پیارے دوستو! میں تمہارا امتحان لینے آیا تھا۔ مجھے خوشی ہوئی ہے کہ تم تینوں امتحان میں کامیاب ہو گئے لیکن تم میں سب سے زیادہ رحمدل اور مہربان ننھا خرگوش نکلا۔ اس لیے میں اسے اپنے ساتھ لے جارہا ہوں۔"

یہ کہہ کر بوڑھا خرگوش کو چاند پر لے گیا۔ اگر آج بھی آپ چمکتے پورے چاند کو غور سے دیکھیں گے تو آپ کو ایک خرگوش نظر آئے گا جو صدیوں پہلے چاند کے بوڑھے کے ساتھ گیا تھا۔

***

۵

دولت کا درخت

جاپانی لوک کہانی

بہت عرصہ پہلے کی بات ہے۔ جاپان کے ایک گاؤں میں ایک غریب لکڑ ہارا رہتا تھا۔ اس کے والدین وفات پا چکے تھے اور وہ بے چارا اکیلا رہتا تھا۔ لکڑ ہارا بہت نیک اور رحم دل تھا۔ ایک دن وہ جنگل میں سوکھی اور ٹوٹی ہوئی لکڑیاں تلاش کر رہا تھا کہ اس کے کانوں میں ایک عجیب سی آواز آئی۔ اس نے غور کیا تو صنوبر کے درخت کی آواز تھی جس کے نیچے وہ کھڑا تھا، وہ کہہ رہا تھا: "میرا رس لیس دار ہے، جو میری نازک شاخیں ٹوٹنے کی وجہ سے ٹپک رہا ہے۔"

لکڑ ہارے نے دیکھا کہ اس کی شاخیں ٹوٹی ہوئی ہیں اور اس میں سے رس نکل رہا ہے۔ اسے محسوس ہوا کہ درخت اپنا دکھ بیان کر رہا ہے۔ اس نے اپنے لباس میں سے کپڑا اپھاڑا اور درخت کی کٹی ہوئی شاخوں پر پٹیاں باندھ دیں۔ شاخیں اپنی جگہ کھڑی ہو گئیں اور رس نکلنا بند ہو گیا۔ لکڑ ہارا بہت خوش ہوا اور واپس جانے ہی لگا تھا کہ اچانک درخت سے سونے اور چاندی کے سکے برسنے لگے۔ وہ حیران رہ گیا۔ یہ سلسلہ کچھ دیر تک جاری رہا پھر درخت سے آواز آئی "یہ تمہاری رحم دلی کا انعام

ہے "لکڑہارا ساری دولت سمیٹ کر گھر پہنچا۔

لکڑہارا اپنے گھر میں بیٹھا ہوا تھا کہ کھڑکی سے دوسرے لکڑہارے کا چہرہ نمودار ہوا۔ یہ دراصل وہ لالچی شخص تھا جس نے صنوبر کے درخت کی شاخین توڑی تھیں۔ اس نے کھڑکی سے سیکھ لیا تھا کہ نیک دل لکڑہارا اپنی دولت گن رہا ہے۔ لہٰذا حسرت سے بولا "تمہارے پاس اتنی دولت کہاں سے آئی چند دن پہلے تو فاقوں تک نوبت آئی ہوئی تھی۔ "نیک دل لکڑہارے نے اسے بتایا کہ یہ دولت فلاں علاقے کے صنوبر کے درخت نے دی ہے۔

"کیا اس کی شاخیں کٹی ہوئی تھیں؟"لالچی شخص بولا۔ "ہاں وہی درخت ہے "نیک دل لکڑہارا بولا۔

"اور مجھے چلنا چاہئے" یہ کہہ کر وہ بھاگم بھاگ صنوبر کے درخت کے پاس پہنچ گیا جس کی سرسبز شاخیں اس نے توڑی تھیں، جیسے ہی وہ درخت کے قریب گیا درخت سے آواز آئی "میرا خون لیس دار ہے تم مجھے چھوؤ گے تو بے شمار دولت کے مالک بن جاؤ گے۔ بد خصلت لکڑہارے نے جوں ہی درخت کو چھوا اس میں سے سونے چاندی کے بجائے لیس دار مادہ گرنے لگا۔ وہ دیکھتے ہی دیکھتے اس میں مکمل طور پر ڈوب گیا۔ اس سے پہلے کہ وہ اس مادے کی موٹی تہہ میں جم جاتا ادھر سے نیک دل لکڑہارے کا گزر ہوا۔ اس نے بڑی مشکل سے اس اسے باہر نکالا ورنہ دولت کا لالچی زندہ ہی قبر میں چلا جاتا۔ اس واقعے کے بعد لالچی لکڑہارے نے ایسی دوڑ لگائی کہ پھر کبھی مڑ کر بھی اس گاؤں میں نہ آیا۔

***

۶

ہاتھی دانت کا محل

یونانی لوک کہانی

برسوں پہلے یونان میں ایک شکاری رہتا تھا۔ اس کا ایک بیٹا تھا۔ جب شکاری مرنے لگا تو اس نے اپنی بیوی کو بلایا اور کہا کہ "شکار بہت مشکل کام ہے، اس کام میں میری ساری عمر گزر گئی ہے۔ میری زندگی بڑی تکلیفوں میں گزری ہے، تمہارے بیٹے کو شکار کا بہت شوق ہے، وہ میرے ساتھ کئی بار شکار پر گیا ہے اور شکار بھی کھیلا ہے، یہ چونکہ بہت مشکل کام ہے، اسی لئے اسے کسی اور کام کا شوق دلانا۔"

چند روز بعد شکاری مر گیا۔ وقت بہت تیزی کے ساتھ گزرتا رہا۔ شکاری کا بیٹا اب جوان ہو گیا تھا۔ ایک دن وہ اپنی ماں سے پوچھنے لگا: "ابا جان کی رائفل کہاں ہے؟"

ماں نے جواب دیا "تمہارے ابا جان کی دلی آرزو تھی کہ تم شکاری نہ بنو، کوئی اور کام سیکھو۔ شکاری کی جان کو ہر وقت خطرہ رہتا ہے، میری مانو تو کوئی اچھا سا کام کر لو"۔

لڑکے نے کہا "ابا جان شکاری کی زندگی سے خوش کیوں نہیں تھے۔ مجھے تو شکار

کھیلنے کا بہت شوق ہے، اس میں آدمی بہادر بنتا ہے۔ جان جوکھوں میں ڈال کر اپنا نام پیدا کرتا ہے۔ ابا جان نے بھی شکاری زندگی میں نام پیدا کیا ہے۔ سب انکی بہادری کے گن گاتے ہیں۔ حکومت کی طرف سے انہیں خوفناک جانوروں کو ہلاک کرنے پر انعام بھی ملتا تھا۔ وہ بہت بہادر اور نڈر انسان تھے اور میں بھی ان کا بیٹا ہوں اور مجھے بھی شکار کا بہت شوق ہے۔ اب میں کوئی بچہ نہیں ہوں، رائفل چلانا جانتا ہوں۔"

یہ کہہ کر اس نے اپنے باپ کی رائفل اٹھائی اور چپ چاپ جنگل کی طرف نکل پڑا۔ جنگل میں دیر تک شکار ڈھونڈنے کے بعد ایک ہرن پر اس کی نظر پڑی۔ اس نے رائفل سے ہرن کا شکار کیا اور اسے اپنے کاندھے پر ڈال کر بیچنے کے لئے شہر لے آیا۔ وہ بازار میں بیچنے کے لئے بیٹھا تھا کہ اتنے میں بادشاہ کا ایک وزیر وہاں آپہنچا اور اس نے پوچھا: "یہ ہرن کتنے میں بیچو گے ؟"

شکاری کے بیٹے نے کہا: "آپ کیا دام دیں گے ؟"

"بیس روپے" وزیر نے کہا۔

"یہ تو بہت کم ہیں میں نہیں بیچوں گا" شکاری کے بیٹے نے کہا۔ وزیر کو یہ سن کر بہت غصہ آیا۔ وہ سیدھا بادشاہ کے پاس پہنچا اور بادشاہ سے کہا: "حضور والا ایک شخص بازار میں بیٹھا ہرن بیچ رہا ہے، آپ ضرور خریدیں۔ بہت اچھا گوشت ہے مگر دس روپے سے زیادہ قیمت نہ دیجئے۔"

بادشاہ نے شکاری کے بیٹے کو بلوایا۔ وہ ہرن لئے آپہنچا تو اس نے پوچھا "کیا لوگے اس ہرن کا مناسب دام بتاؤ، ہم اسے خریدنا چاہتے ہیں۔"

شکاری کے بیٹے نے کہا:"جناب آپ بہتر جانتے ہیں کہ اس کی قیمت کیا ہونی چاہیے"۔

"دس روپے کافی ہیں۔" بادشاہ نے کہا۔

کسی کی مجال تھی کہ بادشاہ سے تکرار کرے۔ وہ اپنے شکار کے بہت کم دام سن کر چپ ہو رہا۔ بادشاہ سے بحث فضول تھی۔ وہ انکار بھی تو نہیں کر رہا تھا۔ غنیمت یہی تھا کہ جو کچھ بادشاہ ہرن کے دے رہا ہے، وہ قبول کر لے۔ شکاری کا بیٹا دس روپے میں بادشاہ کو ہرن دے کر گھر چلا گیا۔

دوسرے دن بادشاہ نے شکاری کے بیٹے کو بلوایا اور کہا:"ہم اپنے لئے ہاتھی دانت کا ایک محل بنوانا چاہتے ہیں۔ تم شکاری ہو اس لئے ہم تمہیں حکم دیتے ہیں کہ جنگل میں جا کر ہاتھیوں کا شکار کرو اور ان کے دانت جمع کر کے ہمارے لئے محل تیار کرو۔"

شکاری کا بیٹا خاموش کھڑا رہا۔ تھوڑی دیر بعد بادشاہ نے کہا "چپ چاپ کیوں کھڑے ہو۔ بتاؤ تم یہ کام کر سکتے ہو یا نہیں۔ اور اگر تم ہاتھیوں کا شکار کر کے ہمارے لئے محل بنا دو تو جان کی سلامتی ہے ورنہ تمہیں جان سے مار دیا جائے گا۔"

شکاری کے بیٹے نے کہا:"جناب یہ کام ضرور کروں گا" یہ کہہ کر وہ گھر گیا۔ گھر جا کر اس نے اپنی ماں سے کہا۔"اب میرا زندہ رہنا واقعی بہت مشکل ہے۔ بادشاہ نے اپنے لئے ہاتھی دانت کا محل بنانے کا حکم دیا ہے۔ یہ کام مجھ سے نہ ہو سکے گا اور بادشاہ ضرور مجھے مار ڈالے گا۔ مجھے ایک تھیلا اور تھوڑی سی روٹی دے دو، میں کہیں بھاگ

نکلوں تاکہ بادشاہ کے آدمی مجھے گرفتار نہ کر سکیں۔"

اس کی ماں نے کہا "تمہارے ابا نے واقعی ٹھیک کہا تھا کہ بیٹے کو کسی اور کام کا شوق دلانا۔ اب اپنے آپ کو مصیبت میں پھنسا لیا ہے تو گھبراؤ مت۔ بہادر بنو اور اپنے باپ کا نام روشن کرنے کی کوشش کرو۔ تمہارے ابا کہا کرتے تھے "بڑے پہاڑ پر جو پانی کا چشمہ ہے، وہاں بہت سے ہاتھی ہفتے میں ایک دن پانی پینے آتے ہیں۔ اگر بادشاہ نے ہماری مدد کی تو ہم ان کے دانت نکال سکتے ہیں۔ ہم چشمے کا پانی نکال کر اس میں شراب بھر دیں گے۔ جب ہاتھی یہ شراب پئیں گے تو انہیں نشہ آجائے گا اور وہ سو جائیں گے، ہم آسانی سے ان کے دانت نکال لیں گے۔"

یہ سن کر شکاری کا بیٹا بہت خوش ہوا۔ دوسرے دن وہ بادشاہ کی خدمت میں حاضر ہوا اور عرض کی "جناب اگر مجھے شراب کے پچاس پیپے اور چند آدمی مل جائیں تو میں ہاتھی دانت جمع کر کے آپ کے لئے محل بنوا سکتا ہوں۔

بادشاہ نے اسے پچاس پیپے شراب اور چند آدمی دے دیئے۔ وہ سب چیزیں ساتھ لیکر بڑے پہاڑ پر پہنچا اور چشمے کا پانی نکال کر اس میں شراب بھر دی۔ پھر وہ خود اور اس کے ساتھی جنگل میں چھپ گئے، ہاتھی آئے اور پانی میں شراب ملی ہوئے پی کر لڑکھڑانے لگے اور سب کے سب وہیں گر کر بے ہوش ہو گئے۔ شکاری کا بیٹا اور اس کے ساتھی جنگل سے نکلے اور آسانی سے انہوں نے ہاتھیوں کے دانت نکال لئے اور ہاتھی دانت لے کر انہوں نے بادشاہ کے لئے محل تیار کر دیا۔ وزیر نے جو دیکھا کہ شکاری کا بیٹا اس میں بھی کامیاب رہا ہے تو جل گیا۔ اب اس نے دل میں ٹھان لی کہ شکاری کے بیٹے کو مار کر ہی دم لوں گا۔

یہ سوچ کر وہ بادشاہ کے پاس گیا اور کہا "حضور اتر کی طرف پہاڑوں میں سات بھائی رہتے ہیں، ان کی ایک بہن ہے، بڑی خوبصورت۔ آپ اسے اپنی ملکہ بنائیں اور اپنے محل میں رکھیں تو آپ بہت خوش رہیں گے۔ شکاری کے بیٹے کو بھیجئے، اس کو لے آئے گا۔" بادشاہ یہ سن کر بہت خوش ہوا۔ اس نے شکاری کے بیٹے کو بلایا اور حکم دیا کہ جاؤ اور پہاڑ سے اس لڑکی کو لے آؤ۔

شکاری کے بیٹے کو یقین ہو گیا کہ یہ وہ کام وہ نہیں کر سکتا، گھر پہنچا، کچھ روٹی اور تھیلا لیا اور شمال کی طرف چل دیا۔ اسے کچھ معلوم نہ تھا کہ وہ کہاں جارہا ہے اور نہ یہ خبر تھی کہ پھر کبھی لوٹ کر آئے گا بھی یا نہیں۔ چلتے چلتے وہ ایک دن دریا کے کنارے پہنچا۔ اس نے دیکھا کہ ایک آدمی وہاں بیٹھا پانی پی رہا تھا۔ وہ آدمی پانی پیتا جاتا تھا اور کہتا جارہا تھا "اف میری پیاس ہی نہیں بجھی۔" اور یہ کہتے کہتے اس نے اتنا پانی پیا کہ دریا سوکھ گیا۔ شکاری کا بیٹا یہ دیکھ کر بہت حیران ہوا اور اس نے آدمی سے پوچھا:

"بھئی یہ کیسی پیاس ہے جو بجھتی ہی نہیں؟"

اس آدمی نے کہا: "ہاں میاں میری پیاس کبھی نہیں بجھتی اور پھر مصیبت یہ ہے کہ میں اکیلا ہوں۔ اس سفر میں میرا کوئی ساتھی نہیں ہے۔"

شکاری کے بیٹے نے کہا: "چلو میرے ساتھی بن جاؤ" اور پھر دونوں مل کے چلنے لگے۔ تھوڑی دور گئے تو انہیں ایک آدمی ملا۔ جس نے آگ جلا رکھی تھی۔ وہ آگ تاپتا چلا جاتا تھا اور کہتا چلا جاتا تھا "اف کتنی سردی ہے"۔ شکاری کے بیٹے نے اسے بھی اسی طرح ساتھ لے لیا۔ اب تینوں مل کر چلنے لگے۔ تھوڑی دور گئے تھے کہ

ایک آدمی ملا جو کھانا کھا رہا تھا۔ یہ آدمی سیروں کھانا چٹ کئے جاتا تھا اور کہتا جاتا "اف پیٹ نہیں بھرتا"۔ شکاری کے بیٹے نے اسے بھی ساتھ لے لیا۔ چاروں مل کر آگے بڑھے تو ان کو ایک آدمی اور ملا۔ یہ آدمی زمین سے کان لگائے لیٹا تھا۔ اس نے بتایا کہ وہ اس طرح زمین سے کان لگا کر ساری دنیا کی باتیں سن سکتا ہے۔ شکاری کے بیٹے نے اسے بھی اپنا ساتھی بنالیا۔ پانچوں مل کر آگے بڑھے تو انہیں ایک آدمی اور ملا۔ یہ آدمی لمبی لمبی چھلانگیں لگاتا اور دونوں ہاتھوں میں دو بڑے بڑے پتھر اٹھالیتا تھا۔ انہیں زور سے پیچھے کی طرف پھینکتا اور اسی زور سے آگے کی طرف چھلانگ لگاتا۔ شکاری کے بیٹے نے اسے بھی اپنا ساتھی بنالیا۔ اب یہ چھ کے چھ ساتھی روانہ ہو گئے۔ تھوڑی دور گئے تو انہیں ایک اور آدمی ملا۔ یہ آدمی جب چاہتا تھا زمین کو ہلا دیتا تھا اور زلزلہ پیدا کر دیا تھا۔ یہ بھی شکاری کے بیٹے کے ساتھ ہو گیا اور ساتوں مل کر آگے چلے۔ چلتے چلتے یہ ساتوں اس بڑے پہاڑ پر پہنچے جہاں وہ سات بھائی اپنی بہن کے ساتھ رہتے تھے۔ شکاری کے بیٹے اور اس کے ساتھیوں کو دیکھ کر ساتوں بھائی نکلے کہ انہیں مار ڈالیں مگر جب انہوں نے دیکھا کہ یہ ساتوں بھی طاقت ور ہیں تو لڑائی کا ارادہ ترک کر دیا اور ان سے پوچھا: "تم لوگ یہاں کیوں آئے ہو؟"

شکاری کے بیٹے نے کہا: "ہم تمہاری بہن کا پیام لیکر آئے ہیں۔ ہمارا بادشاہ اس سے شادی کرنا چاہتا ہے۔ بادشاہ تمہاری بہن کو ہاتھی دانت کے محل میں رکھے گا۔"

ساتوں بھائی یہ سن کر گھر میں چلے گئے۔ شکاری کے بیٹے نے اپنے اس ساتھی سے جو زمین سے کان لگا کر سب کچھ سن لیتا تھا کہا "ذرا سنو تو کیا باتیں کر رہے ہیں؟"

اس آدمی نے زمین سے کان لگا کر سننے کے بعد کہا کہ پہلے وہ ہمیں کھانے سے

بھرے ہوئے سات بڑے بڑے خوان دیں گے۔ اگر ہم نے سارا کھانا کھالیا تو وہ اپنی بہن کو ہمارے ساتھ بھیج دیں گے ورنہ نہیں۔

شکاری کا بیٹا یہ سن کر گھبرا گیا اور کہنے لگا مگر ہم اتنا کھانا کیسے کھائیں گے؟

اس کے ساتھ نے جو ہمیشہ بھوکا رہتا تھا" میں جو ہوں تم گھبراتے کیوں ہو" تھوڑی دیر بعد ساتوں بھائی گھر سے باہر آئے اور ان ساتوں کو اپنے ساتھ گھر لے گئے۔ وہاں انہوں نے کھانے سے بھرے ہوئے سات خوان ان کے سامنے رکھ دیئے۔ ساتوں نے مل کر کھانا شروع کر دیا۔ تھوڑی دیر میں چھ کا پیٹ بھر گیا اور وہ چپ چاپ بیٹھ گئے مگر ساتویں نے وہ سارا کھانا صاف کر دیا۔ مگر اس پر بھی سات بھائی اپنی بہن کو ان کے حوالے کرنے کو تیار نہ ہوئے۔ انہوں نے اور ترکیبیں انہیں ہرانے کی نکالیں۔ پانی کے سات بڑے بڑے مٹکے لے آئے اور کہا کہ یہ سارا پانی پی لو تو ہم اپنی بہن تمہارے حوالے کر دیں گے۔ شکاری کے بیٹے کے ساتھی نے جو ہمیشہ پیاسا رہتا تھا، ساتوں مٹکوں کا پانی پی لیا اور پانی پی کر کہنے لگا" مجھے تھوڑا سا پانی اور پلاؤ، میں ابھی پیاسا ہوں"۔

ساتوں بھائیوں نے ایک اور شرط پیش کی اور کہا کہ ہمارا ایک گرم حمام ہے۔ تم میں سے کوئی ایک اس کے اندر جا کر تھوڑی دیر بیٹھے تو ہم تمہاری بات مان لیں گے۔ شکاری کے بیٹے کے اس ساتھی نے جسے ہمیشہ سردی لگتی رہتی تھی، کہا" میں جاؤں گا اس حمام میں، میں تو سردی سے اکڑا جا رہا ہوں۔"

لڑکی کے بھائیوں نے حمام کو اس قدر گرم کر دیا تھا کہ کوئی بھی اس میں جائے تو جھلس کر مر جائے۔ وہ آدمی اندر چلا گیا تو تھوڑی دیر تک سب اسکی واپسی کا انتظار

کرتے رہے مگر وہ نہ نکلا، نہ اس کی آواز آئی۔ انہوں نے حمام کا دروازہ کھول کر اندر جھانکا تو وہ چلایا، دروازہ بند کرو مجھے سردی لگ جائے گی۔ میرا پہلے ہی برا حال ہے۔

جب وہ باہر آیا تو لڑکی کے بھائیوں نے کہا کہ تم لوگوں نے ہماری ساری شرطیں پوری کر دیں مگر ابھی ایک شرط باقی ہے۔ اگلے پہاڑ پر ایک چشمہ ہے۔ تم میں سے کوئی شخص وہاں سے تھوڑا سا پانی لے آئے ہماری بہن بھی جا کر پانی لائے گی۔ اگر تمہارا آدمی ہماری بہن سے پہلے پانی لے آیا تو ہم ہارے اور تم جیتے۔

شکارے کے بیٹے کا وہ ساتھی جو چھلانگیں لگاتا تھا، تیار ہو گیا۔ اس نے دو بڑے بڑے پتھر اٹھا کر نیچے کی طرف پھینکے اور ایک ہی چلانگ میں اس پہاڑ پر جا پہنچا۔ چشمے سے پانی لے کر وہ معمولی چال سے واپس آنے لگا۔ راستے میں اسے وہ لڑکی مل گئی۔ وہ ابھی چشمے کی طرف جا رہی تھی۔ اس آدمی نے لڑکی سے کہا ہم جیت گئے اور تمہارے بھائی ہار گئے ہیں۔ آؤ جانے سے پہلے تھوڑی دیر باتیں کر لیں۔ لڑکی اس کے پاس بیٹھ گئی مگر اس آدمی کو باتیں کرتے کرتے نیند آگئی۔ وہ سو گیا تو لڑکی نے اس کی بوتل کا پانی اپنی بوتل میں انڈیل لیا اور گھر کی طرف واپس ہونے لگی۔

جب اس کے ساتھی کو گئے ہوئے بہت دیر ہو گئی تو شکاری کے بیٹے کو فکر ہونے لگی۔ اس نے اپنے ساتھی سے زمین پر کان لگا کر سننے کے لئے کہا۔ اس نے کہا کہ "ہمارا ساتھی تو سو رہا ہے، ہم ہار جائیں گے۔"

شکاری کے بیٹے کا ساتھی جو زمین ہلا سکتا تھا، اس نے کہا کہ "ٹھہرو! میں زمین کو ہلاتا ہوں اور اسے جگاتا ہوں۔" یہ کہہ کر اس نے زور سے زمین کو ہلایا تو وہ جاگ پڑا اور دیکھا کہ لڑکی اس کا پانی لے کے چلی گئی ہے۔ اس نے وہیں سے ایک چھلانگ

لگائی اور لڑکی کو راستے میں جالیا۔ اس نے پانی چھین کر پھر ایک چھلانگ لگائی اور اپنے ساتھیوں سے آملا۔

شکاری کا بیٹا اور اس کے ساتھی ساری شرطیں جیت چکے تھے۔ اس لئے ساتوں بھائیوں نے اپنی بہن ان کے حوالے کر دی اور شکاری کا بیٹا اس لڑکی اور اپنے ساتھیوں کو لے کر بادشاہ کے پاس پہنچ گیا۔

بادشاہ اسے دیکھ کر بہت خوش ہوا مگر وزیر اور بھی جل گیا۔ لڑکی نے پہلے بادشاہ کو پھر وزیر کو اور پھر ہاتھی دانت کے محل کو غور سے دیکھا اور بادشاہ سے پوچھا:

"اس محل کے لئے ہاتھی دانت کون لایا تھا؟"

"شکاری کا بیٹا" بادشاہ نے کہا۔

"اور محل کس نے بنایا؟" لڑکی نے پوچھا۔

"شکاری کے بیٹے نے" بادشاہ نے کہا۔

"اور مجھے پہاڑوں سے اتنا لمبا سفر کر کے کون لایا؟" لڑکی نے پوچھا۔

"شکاری کا بیٹا" بادشاہ نے کہا۔

لڑکی نے پوچھا: "جب شکاری کے بیٹے نے سب کچھ کیا ہے تو میں تم سے شادی کیوں کروں؟" اور پھر اس نے کہا "تمہارا وزیر بری عادت کی سزا میں چوہا بن جائے اور تم بلی بن کر اس کے پیچھے دوڑتے رہو۔" لڑکی کا یہ کہنا تھا کہ وزیر چوہا بن گیا اور بادشاہ بلی بن کر اسے پکڑنے کے لئے دوڑنے لگا۔ شہر کے لوگوں نے شکاری کے بیٹے کو اپنا بادشاہ بنالیا۔ وہ بادشاہ سے پہلے بھی نالاں تھے اور وزیر انہیں تنگ کرتا رہتا تھا۔

شکاری کے بیٹے نے اس لڑکی سے شادی کرلی اور دونوں مل کر ہاتھی دانت کے محل میں خوشی خوشی رہنے لگے۔ وہ اب اپنی ماں کو بھی محل میں لے آیا تھا۔ ماں لڑکی سے مل کر بہت خوش ہوئی۔ شکاری کا بیٹا ملک کا بادشاہ بن کر راج کرنے لگا۔

***

۷

ساشا

روسی لوک کہانی

ساشا اپنی امی سے ضد کر رہا تھا کہ وہ اس کو پٹاخوں والی بندوق لے کر دیں۔

"تمھیں وہ کس لئے چاہئے؟" اس کی امی نے پوچھا "وہ تو بڑی خطرناک ہوتی ہے۔"

"خطرناک کیسے ہوتی ہے؟" وہ اپنی ضد پر اڑا رہا، اس میں سے صرف پٹاخہ چلتا ہے، گولی تو باہر نہیں آتی ہے، اس سے کوئی مر تو نہیں سکتا۔"

"تمھیں نہیں پتا کہ اس سے کیا ہو سکتا ہے؟" اس کی امی نے جواب دیا "گولی اچھل کر باہر نکل سکتی ہے اور تمہاری آنکھ میں بھی لگ سکتی ہے۔"

"وہ نہیں لگے گی۔" ساشا نے کہا۔ "میں گولی چلاتے ہوئے اپنی آنکھیں کس کے بند کر لوں گا۔"

"نہیں، نہیں اس قسم کی بندوقوں سے کوئی بھی حادثہ ہو سکتا ہے۔" ساشا کی امی نے کہا۔ "تم اگر اس سے کسی کو مار نہیں سکتے تو لوگوں کو خوف زدہ تو کر سکتے ہو نا۔" خیر انہوں نے ساشا کو بندوق خرید کر نہ دی۔

ساشا کی دو بہنیں مرینہ اور عائرہ تھیں۔ وہ ان کے پاس گیا۔

"پیاری بہنو! براہ مہربانی مجھے ایک بندوق خرید دو۔ مجھے اس کی بہت خواہش ہے۔ اگر تم نے وہ مجھے دلا دی تو میں ہمیشہ تم دونوں کا کہنا مانا کروں گا۔"

"ساشا تم واقعی بڑے چالاک ہو۔" مرینہ نے کہا۔ "جب تمہیں چیز کی ضرورت ہوتی ہے تو تم چکنی چپڑی باتیں کرنے لگتے ہو اور ہمیں پیاری بہنو کہنے لگتے ہو۔ لیکن جب ذرا امی گھر پر نہیں ہوتیں تو تم اپنی ساری خوش مزاجی بدل لیتے ہو۔"

"نہیں میں ایسا نہیں کروں گا، ہرگز نہیں کروں گا، میں تمیز سے رہوں گا، آزما کر دیکھو، میں ایسا نہیں کروں۔"

"چلو ٹھیک ہے۔" عائرہ نے کہا

"میں اور مرینہ سوچیں گے۔ اگر تم اچھا لڑکا بننے کا وعدہ کرتے ہو تو ہم تمہیں بندوق خرید دیں گے۔"

"میں وعدہ کرتا ہوں، میں وعدہ کرتا ہوں۔" ساشا نے کہا۔

"اگر تم دونوں مجھے بندوق خرید دو گی تو مجھ سے جو بھی کہو گی، میں کروں گا۔"

اگلے دن اس کی بہنوں نے اسے بندوق اور پٹاخوں والی گولیوں کا ڈبہ تحفے میں دے دیا۔ بندوق بالکل نئی اور چمک دار تھی۔ اس کے ساتھ ڈیڑھ سو کے لگ بھگ پٹاخوں والی گولیاں بھی تھیں۔

وہ اپنی خوشی کیلئے انہیں چلا سکتا تھا۔ ساشا خوشی کے مارے کمرے میں اچھلا کودا۔ اس نے بندوق کو بڑا پیار کیا یہاں تک کہ اس نے "میری اچھی بہت ساری بندوق! مجھے تم سے بہت زیادہ محبت ہے۔" کہتے ہوئے اسے چوما بھی۔ اس کے بعد

اس نے اس کے دستے پر کھرچ کر اپنا نام لکھا اور پھر فائر کرنا شروع کر دیا۔ فوراً کمرے میں پٹاخوں کی بو پھیل گئی اور آدھے گھنٹے بعد کمرا دھوئیں سے بالکل نیلا ہو گیا۔

"اب تک کیلئے اتنا ہی کافی ہے۔" آخر کار عائرہ نے کہا۔ "ہر بار جب بندوق چلتی ہے تو میں اچھل جاتی ہوں۔"

"بزدل کہیں کی" ساشا نے دندان شکن جواب دیا۔ "ساری لڑکیاں بزدل ہوتی ہیں۔"

"اچھا تو ٹھیک ہے۔ جب میں تم سے بندوق واپس لے لوں گی پھر تمہیں دکھاؤں گی کہ ہم کتنی بزدل ہیں۔" مرینہ نے کہا۔

"میں باہر صحن میں جا رہا ہوں۔" ساشا نے جواب دیا "بچوں کو اپنی بندوق سے خوف زدہ کرنے کیلئے۔" اور وہ باہر چلا گیا لیکن وہاں کوئی بھی نظر نہیں آرہا تھا۔ اس لئے وہ گیٹ سے باہر نکل گیا اور یہیں سے اصل کہانی کا آغاز ہوتا ہے۔

اسی لمحے ایک بوڑھی عورت گلی میں سے گزر رہی تھی، ساشا نے ادھر ادھر دیکھا اور پھر "ٹھاہ" اس نے اس کے پیچھے چپکے سے بندوق چلا دی۔ ایک حیران کن چیخ کے ساتھ بوڑھی عورت وہیں رک گئی۔ پھر پیچھے مڑتے ہوئے وہ بولی: "اوہ! تم نے مجھے ڈرا ہی دیا۔ تم ہی تھے جس نے بندوق چلائی۔"

"نہیں تو۔۔۔" ساشا نے بندوق اپنے پیچھے چھپاتے ہوئے کہا۔

"تمہارا کیا خیال ہے میں تمہارے ہاتھ میں بندوق نہیں دیکھ سکتی؟" بوڑھی عورت نے کہا "اور تم مجھ سے جھوٹ بولنے کی کوشش کر رہے ہو، تمہیں شرم آنی

چاہئے۔ میں سیدھا پولیس اسٹیشن جارہی ہوں۔" اپنی انگلی ہلاتے ہوئے اس نے سڑک پار کی اور ایک طرف گلی میں غائب ہوگئی۔

"ایسا لگتا ہے سچ مچ پولیس کو بلانے چلی گئی ہے۔" وہ پھولی ہوئی سانس کے ساتھ گھر بھاگ گیا۔ "تمہیں کیا ہوا ہے جو اتنے خوف زدہ لگ رہے ہو؟ جیسے بھیڑ یا تمہارا پیچھا کر رہا ہے۔" ساشا گھر میں داخل ہوا تو اس کی بہن عائرہ نے پوچھا۔ "بہتر یہی ہے کہ بتادو یہ تو تمہارے چہرے پہ لکھا ہوا ہے کہ تم نے کچھ کیا ہے۔"

"میں نے کچھ نہیں کیا۔" ساشا کی سانس پھول گئی۔

"صرف یہ ہوا کہ میں نے ایک بوڑھی عورت کو ڈرادیا ہے۔"

"کیسی بوڑھی عورت؟"

"کیسی بوڑھی عورت سے تمہارا کیا مراد ہے؟" ساشا نے کہا "بس کوئی بوڑھی عورت تھی جو گلی میں سے گزر رہی تھی، مجھے نظر آگئی تو میں نے گولی چلادی۔"

"تم نے ایسا کیوں کیا؟" اس کی بہن نے پوچھا۔

"مجھے خود نہیں پتا۔" ساشا نے کہا "وہ چل رہی تھی اور میں نے اپنے آپ سے کہا چلو بھئی اس کو گولی ماردو اور میں نے ایسا کردیا۔"

"پھر اس کا کیا بنا؟" عائرہ نے پوچھا۔

"کچھ بھی نہیں، وہ پولیس اسٹیشن چلی گئی ہے۔"

"دیکھانا" عائرہ نے کہا

"تم نے تو وعدہ کیا تھا کہ تمیز سے رہو گے اور اب دیکھو تم نے کیا کیا ہے۔"

"میرا کیا قصور ہے۔ بوڑھی عورت کی شکل ہی ڈراؤنی بلی جیسی تھی۔" ساشا

نے بڑے غرور سے کہا۔

"اب ایک پولیس والا آئے گا اور تمہیں خوب مزہ چکھائے گا۔" عائزہ نے بات جاری رکھی۔ "تب تمہیں پتا چلے گا کہ لوگوں کو ڈرانے کا کیا انجام ہوتا ہے۔"

"وہ مجھے کیسے ڈھونڈے گا؟" ساشا نے پوچھا۔ "اسے کیا پتا کہ میں کہاں رہتا ہوں، وہ تو میرا نام تک نہیں جانتا۔"

"تم فکر نہ کرو۔ وہ ڈھونڈ لے گا۔" عائزہ نے کہا "پولیس والوں کو سب پتا ہوتا ہے۔"

پورا گھنٹہ ساشا عاجزی سے بیٹھا کھڑکی میں سے باہر دیکھتا رہا کہ کہیں سے کوئی پولیس والا تو نہیں آرہا ہے۔ لیکن کوئی بھی پولیس والا نظر نہ آیا۔ تھوڑی دیر کے بعد وہ پرسکون ہوا اور تھوڑا سا اکڑ کر بولا "یقیناً اس بڑھیا نے مجھے ڈرانے اور سبق سکھانے کیلئے ایسا کہا تھا۔"

پھر اس نے اپنی پیاری بندوق کے ساتھ فائر کرنے کا سوچا اور اس کا ہاتھ اس کی جیب کی طرف گیا۔ اسے پٹاخوں والی ڈبیا مل گئی۔ اس کے بعد اس نے بندوق کی تلاش میں ادھر ادھر دیکھا لیکن بندوق نہ ملی۔ تب اس نے ایک سرے سے دوسرے سرے تک کمرے میں تلاش شروع کر دی۔ اس نے میز اور صوفے کے نیچے جھانکا بندوق اس طرح غائب تھی جیسے زمین نے نگل لی ہو۔ اس کی آنکھوں سے آنسو بہنے لگے "مجھے اس سے کھیلنے کا ٹھیک وقت ہی نہیں ملا۔" اس نے سسکی لی۔ "وہ تھی بھی تو اتنی اچھی۔"

"کہیں تم نے وہ صحن میں تو نہیں گرا دی؟" عائزہ نے پوچھا۔

"ہو سکتا ہے وہ گیٹ سے باہر کہیں گر گئی ہو۔" ساشا نے اچانک پوچھا۔

اس نے دروازہ کھولا اور صحن میں سے دوڑتا ہوا باہر گلی میں آگیا لیکن وہاں بندوق کا نام ونشان تک نہ تھا۔

"کسی نے اٹھا کر اپنے لئے رکھ لی ہوگی" اس نے دکھ سے سوچا۔ تب اچانک ایک پولیس والا ایک گلی سے نکل کر تیزی سے اسے اپنی جانب آتا ہوا نظر آیا۔ وہ سیدھا ساشا کے گھر کی طرف آرہا تھا۔ "وہ میری طرف آرہا ہے" ساشا نے سوچا۔ "اس بوڑھی عورت نے میرے بارے میں بتادیا ہو گا؟"

اور پھر وہ جتنی تیزی سے بھاگ سکتا تھا، گھر کی طرف بھاگا۔

"کیا بندوق مل گئی ہے ؟" مرینہ اور عائرہ نے پوچھا۔

"شش" ساشا نے سرگوشی کی۔ "پولیس والا آرہا ہے۔"

"کہاں ؟"

"یہاں ہمارے گھر میں" ساشا بڑبڑایا۔

"تم نے اسے کہاں دیکھا ہے ؟"

"گلی میں"

مرینہ اور عائرہ نے اس پر ہنسنا شروع کردیا۔

"تم کتنے بزدل ہو! پولیس والے پر ایک نظر پڑتے ہی تمہاری گھگھی بندھ ہوگئی ہے۔ وہ پولیس والا غالباً کہیں اور جارہا ہو گا یہاں نہیں آرہا ہو گا۔"

"میں اس سے نہیں ڈرتا" ساشا نے کہا۔

"میرے آگے پولیس والا کیا چیز ہے ؟"

اسی لمحے دروازے پر بھاری قدموں کی آواز سنائی دی اور چانک دروازے کی گھنٹی بجی۔ مرینہ اور عائرہ دروازہ کھولنے کیلئے بھاگیں۔ ساشا اپنا سر گھما کر ڈرائنگ روم کی طرف لپکا اور پھنکارا" اسے اندر نہ آنے دینا۔"

لیکن مرینہ پہلے ہی دروازہ کھول چکی تھی اور وہاں ایک پولیس والا کھڑا تھا جس کے کوٹ پر چمک دار بٹن لگے ہوئے تھے۔ ساشا چاروں شانے چت لیٹ گیا اور رینگتا ہوا صوفے کے پیچھے چھپ گیا۔

"تو بچیو! آپ مجھے یہ بتاؤ کہ فلیٹ نمبر ۶ کہاں ہے؟"

"یہاں نہیں ہے" عائرہ نے کہا "یہ فلیٹ نمبر ا ہے اگر آپ نے فلیٹ نمبر ۶ ڈھونڈنا ہے تو چوک میں جایئے۔ فلیٹ نمبر ۶ دائیں طرف کا پہلا دروازہ ہے۔"

"چوک میں جایئے دائیں طرف کا پہلا دروازہ ہے"

پولیس والے نے آہستہ سے دہرایا۔

"جی ہاں!" عائرہ نے کہا۔

ساشا کو پتا چل گیا کہ پولیس والا اسے پکڑنے نہیں آیا۔ وہ صوفے کے پیچھے سے رینگتا ہوا نکلنے ہی والا تھا کہ پولیس والے نے کہا" ویسے کیا یہاں ساشا نامی کوئی لڑکا نہیں رہتا؟"

"ہاں رہتا ہے!" عائرہ نے جواب دیا۔

"اچھا یہ وہی لڑکا ہے جس کی مجھے تلاش ہے۔"

پولیس والے نے کہا اور ڈرائنگ روم کی طرف بڑھ گیا پھر مرینہ اور عائرہ نے دیکھا کہ ساشا کہیں غائب ہو گیا ہے۔ مرینہ نے تو صوفے کے نیچے تک جھانکا، ساشا

نے اسے دیکھا تو بھینچی ہوئی مٹھیوں کے ساتھ دھمکی دی کہ وہ اسے باہر نہ نکالے۔

"اچھا تو ساشا کدھر ہے ؟" پولیس والے نے پوچھا۔

لڑکیاں ساشا کیلئے ڈر رہی تھیں اور انہیں نہیں پتا تھا کہ جواب کیا دینا ہے۔ آخر مرینہ نے کہا" وہ اس وقت گھر پر نہیں ہے۔ میرا خیال ہے کہ وہ سیر کرنے نکلا ہے مگر آپ اسے کیسے جانتے ہیں ؟"

"میں اس کے بارے میں کچھ زیادہ نہیں جانتا ہوں۔"

پولیس والے نے کہا" بس یہ جانتا ہوں کہ اس کا نام ساشا ہے اور یہ بھی جانتا ہوں کہ اس کے پاس بالکل نئی بندوق تھی جو اب اس کے پاس نہیں ہے۔"

"اس کو تو سب کچھ پتا ہے" ساشا نے سوچا۔ ڈر کے مارے اس کی ناک میں کھجلی شروع ہو گئی اور اچانک اسے چھینک آ گئی۔ "آ آچھ"

"یہ کون ہے ؟" پولیس والے نے حیرت سے پوچھا۔

"وہ ہمارا۔۔۔ وہ ہمارا کتا ہے۔" مرینہ نے جھوٹ بولا۔

"تو پھر وہ صوفے کے نیچے کیا کر رہا ہے ؟" پولیس والے نے پوچھا۔

"اوہ وہ ہمیشہ صوفے کے نیچے سوتا ہے۔" مرینہ نے جھوٹ جاری رکھتے ہوئے کہا۔

"اس کا نام کیا ہے ؟" پولیس والے نے پوچھا۔

"اوں۔۔۔ بوبی" مرینہ نے چقندر کی طرح سرخ پڑتے ہوئے کہا۔

"بوبی بوبی باہر آ جاؤ" پولیس والے نے پکارا اور اس نے کتے کیلئے سیٹی بجائی۔

"وہ باہر کیوں نہیں آنا چاہتا؟ آؤ بھئی آؤ نا، کیا تم اچھے کتے نہیں ہو؟ کیا یہ اچھا کتا

نہیں ہے ؟ یہ کس نسل کا کتا ہے ؟"

"اونہہ ۔۔۔" مرینہ نے لفظ کھینچتے ہوئے مایوسی سے جواب دیا۔ اسے تو کچھ پتا نہیں تھا کہ کتوں کی کتنی قسمیں یا نسلیں ہوتی ہیں اور اس کی کیا نسل ہے ؟ اس نے کہا" اچھا تو یہ کس نسل کا ہے ؟ یہ اچھی نسل کا کتا ہے۔ مجھے معلوم ہے کہ ۔۔۔ اوہ ہاں یہ ۔۔۔ لمبے بالوں والا لومڑی کی نسل کا کتا ہوتا ہے ! یہ وہی ہے "۔

"اوہ کتنا زبردست کتا ہے" پولیس والے نے چہکتے ہوئے کہا" میں اچھی طرح جانتا ہوں کہ اس کی پیاری سی نرم نرم بالوں والی ناک ہوتی ہے۔" اس نے جھک کر صوفے کے نیچے جھانکا۔

ساشا ایسے لیٹا ہوا تھا جیسے زندہ نہیں بلکہ مردہ ہو۔

اس نے اپنی پوری کھلی ہوئی آنکھوں سے پولیس والے کو دیکھا۔

"اچھا تو یہ جو یہاں پڑا ہوا ہے یہ ہے لومڑی کی نسل کا کتا"۔ پولیس والے نے کہا۔

"اے تم صوفے کے نیچے کیا کر رہے ہو ؟ لڑکے باہر نکلو۔ میں نے تمہیں ڈھونڈ لیا ہے" پولیس والا بولا۔

"میں باہر نہیں نکلوں گا۔" ساشا نے واویلا مچاتے ہوئے کہا۔

"کیوں بھئی" پولیس والے نے پوچھا۔

" آپ مجھے پولیس اسٹیشن لے جائیں گے " ساشا نے کہا۔

"کس وجہ سے ؟"

"بوڑھی عورت کی وجہ سے" ساشا بولا "جس پر میں نے گولی چلائی تھی اور

جو ڈر گئی تھی"۔

"میں سمجھا نہیں کہ تم کس بوڑھی عورت کی بات کر رہے ہو؟" پولیس والے نے کہا۔

"یہ باہر اپنی پٹاخوں والی بندوق سے گولی چلانے گیا تھا" عائزہ نے وضاحت کی، "کہ ایک بوڑھی عورت پاس سے گزری، پٹاخے کی آواز سن کر وہ ڈر گئی۔"

"اچھا تو یہ بات ہے" پولیس والے نے کہا "تو یہ اس کی بندوق ہے؟" اور اس نے اپنے کوٹ سے ایک نئی نویلی چمک دار بندوق نکالی۔

"یہی ہے، یہی" عائزہ نے خوشی سے چلانا شروع کر دیا۔ "میں نے اور مرینہ نے اسے خرید کر دی تھی اور اس نے گم کر دی تھی۔ یہ آپ کو کہاں سے ملی ہے؟"

"آپ کے دروازے کے باہر سے" پولیس والے نے جواب دیا۔ "اچھا یہ لو اور بتاؤ کہ تم نے بوڑھی عورت کو کیوں ڈرایا تھا؟"

"میرا یہ مطلب نہیں تھا۔" ساشا نے صوفے کے نیچے سے کہا۔

"تم جھوٹ بول رہے ہو۔" پولیس والے نے کہا۔

"میں تمہاری آنکھوں میں دیکھ رہا ہوں، مجھے سچ سچ بتا دو، میں تمہیں بندوق واپس کر دوں گا۔"

"اگر میں نے سچ سچ بتا دیا تو میرے ساتھ کیا ہو گا؟" ساشا نے کہا۔

"کچھ بھی نہیں ہو گا۔ تمہیں تمہاری بندوق واپس مل جائے گی اور کیا ہو گا"

"تو آپ مجھے پولیس اسٹیشن تو نہیں لے جائیں گے نا؟"

"نہیں"

"میرا مقصد بوڑھی عورت کو ڈرانا نہیں تھا۔" ساشا نے کہا۔

"میں صرف یہ دیکھنا چاہتا تھا کہ وہ گھبراتی ہے کہ نہیں؟"

" یہ تو اچھی بات نہیں ہے ننھے دوست" پولیس والے نے کہا۔

"اس کے لئے تو تمہیں پولیس اسٹیشن لے کر جانا ہی چاہیے تھا لیکن اب میں کیا کروں، میں نے تو کہہ دیا ہے کہ میں تمہیں پولیس اسٹیشن نہیں لے جاؤں گا اور وعدہ کی خلاف ورزی کرنا تو بہت بڑا جرم ہے۔ اس دفعہ میں نہیں لے کر جاؤں گا۔ لیکن اگر آئندہ میں نے تمہیں شرارتیں کرتے دیکھا تو پھر تمہیں تھانے لے جانا ہی پڑے گا۔ ٹھیک ہے اب باہر نکلو اور اپنی بندوق رکھ لو۔"

"نہیں میں بعد میں باہر نکلوں گا، جب آپ چلے جائیں گے" ساشا نے کہا۔

"کتنا مزاحیہ ہے ننھا دوست،" پولیس والا ہنس دیا۔ اس نے بندوق صوفے پر رکھی اور چلا گیا۔ مرینہ تیزی سے پولیس والے کے ساتھ اسے فلیٹ نمبر ۶ دکھانے کیلئے چلی گئی جب کہ ساشا صوفے کے نیچے سے رینگتا ہوا باہر نکلا اور بندوق پر نظریں گاڑ کر اونچی آواز میں بولا یہ ہے میری قیمتی بندوق جو ایک بار پھر میرے پاس آگئی ہے۔ اس نے بندوق پکڑی اور کہا "ایک بات سمجھ میں نہیں آرہی کہ پولیس والے کو میرا نام کیسے معلوم ہوا؟"

"تم نے خود ہی تو اپنا نام بندوق پر لکھا تھا" عائرہ نے کہا۔

اسی لمحے مرینہ واپس آگئی اور اپنے بھائی پر پل پڑی۔

"تم نے کتنی فضول حرکت کی،" وہ چلائی "تمہاری وجہ سے مجھے پولیس والے سے کئی جھوٹ بولنے پڑے میں تو شرم سے مری جارہی تھی، اب ذرا کرنا ایسے

تماشے !! پھر دیکھنا میں تمہاری ذرا بھی مدد نہیں کروں گا۔ یہ آخری مرتبہ تھا۔"

میں اب کوئی تماشا، کوئی فضول حرکت نہیں کروں گا۔ میں وعدہ کرتا ہوں۔"

ساشانے کہا" میں اب جان گیا ہوں کہ کسی کو یوں ڈرانا نہیں چاہئے۔"

***

۸

برتن بنانے والا جیک

آئرلینڈ کی لوک کہانی

اردو ترجمہ: محمد فیصل

آئرلینڈ کے علاقے لیمرک کے ایک قصبے بیلنگیری میں جیک نامی ایک شخص رہتا تھا جو برتن بنانے اور ان کی مرمت کا کام کرتا تھا۔ آپ یہ جان لیں کہ ہر برتن بنانے والا بہت غریب ہوتا ہے اور بمشکل گزر بسر کرتا ہے۔ مگر جیک باقی برتن بنانے والوں سے تھوڑا سا بہتر تھا۔ وہ ایک آرام دہ گھر اور ایک باغیچے کا مالک تھا، مگر اس کا ذریعہ معاش ایسا تھا کہ وہ مختلف قصبوں اور شہروں میں سفر کرتا اور لوگوں کو نئے برتن بنا کر دیتا یا پھر ان کے پرانے برتن مرمت کر دیتا۔ کچھ مہینے سفر کرتا اور اس آمدنی سے اپنے بیوی بچوں کے ساتھ بقیہ مہینے اپنے گھر پر رہتا۔ ایک دن وہ معمول کے مطابق کمائی کرنے نکلا کہ اسے راستے میں ایک بزرگ ملے۔ دونوں کچھ دیر اکٹھے سفر کرتے رہے۔ جیک نے بزرگ کا خیال رکھا اور بزرگ بھی اس کی خدمت اور سادہ لوحی سے بہت خوش ہوئے۔ انھوں نے اسے مخاطب کیا:

"سنو اے جوان! میں تم سے بہت خوش ہوا ہوں اور تمھاری کوئی سی تین خواہشیں بھی پوری کر دوں گا۔ مانگو کیا مانگتے ہو؟"

جیک کچھ دیر سوچتا رہا پھر بولا: "آپ نے مجھ سے میری خواہش پوچھی ہے تو میں آپ سے یہ درخواست کروں گا کہ میرے گھر ایک ہی کرسی ہے جو بھی آتا ہے اس پر بیٹھ جاتا ہے اور مجھے کھڑا رہنا پڑتا ہے۔ آپ اس طرح کریں کہ جو بھی اجنبی اس پر بیٹھے وہ میری مرضی کے بغیر وہاں سے اٹھ نہ سکے۔"

بزرگ کا منہ ہی کھل گیا۔ اس نے کہا:

"ٹھیک ہے! اب دوسری خواہش اور ہاں اب سوچ سمجھ کر خواہش کرنا"۔

جیک پھر کچھ سوچنے لگا اور بولا:

"میرے باغیچے میں سیب کا ایک درخت ہے، جس پر بہت عمدہ سیب اُگتے ہیں، مگر اڑوس پڑوس کے لڑکے بالے اور گلہریاں وغیرہ سارے سیب چرا لیتے ہیں یا خراب کر دیتے ہیں۔ آپ ایسا کچھ کریں کہ جو بھی میرے سیبوں کو ہاتھ لگائے میری مرضی کے بغیر اپنا ہاتھ نہ چھڑا سکے۔"

بزرگ نے اسے تھوڑی دیر دیکھا اور بولے:

"ٹھیک ہے! مگر اب تیسری اور خواہش ایسی کرنا جس سے تمھیں فائدہ پہنچے!"

جیک کافی دیر سوچتا رہا اور بولا:

"میری بیوی اُون کاتتی ہے اور اپنی اُون ایک تھیلے میں رکھتی ہے۔ اس تھیلے سے بونے اکثر اُون چرا لیتے ہیں۔ آپ ایسا کر دیں کہ جو بھی اس تھیلے میں اُون کو ہاتھ لگائے وہ تھیلے میں قید ہو جائے اور میری مرضی کے بنا وہاں سے نکل نہ سکے۔"

بزرگ کو جیسے سکتہ ہو گیا مگر وہ بولا:

"ٹھیک ہو گیا! مگر تم نے اپنے فائدے کی تو کوئی چیز نہیں مانگی۔"

یہ کہہ کر اس نے اپنی راہ لی۔ جیک کچھ مہینے ادھر ادھر گھوما، کچھ رقم جمع کی اور گھر واپس آ گیا۔ کچھ دن گزرے کہ اس کی ایک ٹانگ ٹوٹ گئی۔ وہ پورا سال کہیں نہ جاسکا اور اس کی تمام جمع پونجی آہستہ آہستہ ختم ہو گئی۔ اس کے گھر فاقے شروع ہو گئے اور جیک ہر وقت پریشان رہنے لگا۔ ایک دن اس کے گھر ایک اجنبی آیا اور جیک کو مخاطب کر کے بولا:

"میں جانتا ہوں کہ تمھارے حالات بہت بگڑ چکے ہیں اور تم اور تمھارے بچے فاقے کرنے پر مجبور ہیں۔ میں تم سے ایک معاہدہ کرتا ہوں۔ میں سات سال تمھیں ہر ماہ ایک معقول رقم دوں گا۔ اتنی کہ تم آرام سے زندگی گزار دو مگر صرف سات سال۔ اس کے بعد تم میرے غلام بن جاؤ گے!"

جیک نے اسے بغور دیکھا اور پوچھا:

"آپ کون ہیں؟"

"میں تمھیں سچ بتاؤں گا۔ میں شیطان ہوں۔"

جیک کچھ دیر سوچتا رہا۔ اس کے سامنے اس کے حالات تھے لہٰذا وہ شیطان سے معاہدہ کر بیٹھا اور وعدے کے مطابق سات سال ہر مہینے اسے انتہائی معقول رقم ملنے لگی اور اس کی زندگی اتنی پر سکون ہو گئی کہ اس نے اپنا کام بھی چھوڑ دیا۔ سات برس جیسے پلک جھلکتے گزر گئے۔ سات سال بعد شیطان ان کے گھر آن دھمکا اور اسے اپنا وعدہ یاد دلایا۔ جیک بولا:

"جی بالکل! مجھے اپنا وعدہ یاد ہے۔ آپ اس طرح کریں ذرا اس کرسی پر بیٹھیں میں اپنے بچوں اور بیوی سے مل لوں۔"

اس نے اس کرسی کی طرف اشارہ کیا جس کے لیے اس نے بزرگ سے خواہش کی تھی۔ شیطان اس کرسی پر بیٹھ گیا۔ جیک اپنے بیوی بچوں سے ملا اور آکر بولا:

"چلیں!"

شیطان نے اٹھنے کی بہت کوشش کی مگر بے سود۔ وہ جتنا زور لگاتا، جتنے منتر پڑھتا سب بے کار۔ آخر اس نے جیک کی منت کی:

"میں تمھیں اگلے سات سال پہلے سے دگنی رقم دوں گا مگر مجھے اس کرسی سے نجات دلواؤ۔"

جیک مسکرایا اور اسے آزاد کر دیا۔ اگلے سات برس پہلے سے بھی زیادہ آرام اور اطمینان سے گزرے۔ وہ پورے قصبے میں سب سے امیر آدمی بن گیا۔ لوگ اس سے بڑے متاثر ہوتے کہ ایک برتن بنانے والا اتنا امیر اور مال دار ہے۔ یہ سات برس بھی گزر گئے۔ شیطان پھر اسے لینے آگیا اور آتے ہی بولا:

"چلو! اس بار میں کرسی پر نہیں بیٹھوں گا۔ تم جلدی کرو اور میرے ساتھ چلو!"

جیک فوراً بولا: "جی بالکل چلیں!"

دونوں باہر نکلے۔ سیب کے درخت کے سامنے جیک رکا اور بولا:

"ہمارا سفر یقیناً بہت لمبا ہو گا۔ راستے کے لیے یہ سیب توڑتے ہیں۔"

شیطان بولا: "خیال برا نہیں۔"

جیک نے درخواست کی: "آپ کا قد مجھ سے لمبا ہے لہٰذا آپ کچھ سیب توڑ دیں۔"

شیطان اس کی چال میں آگیا اور سیب کے درخت سے چپک گیا۔ اس نے پھر تمام منتر پڑھ لیے، زور لگالیا مگر بے سود۔ آخر اس نے جیک کی منت کی:

"میں تمھیں اگلے سات سال پہلے سے تین گنا زیادہ رقم دیا کروں گا۔ مجھے اس اذیت سے نجات دلاؤ۔"

جیک ہنسا اور اسے جانے کی اجازت دے دی۔ اگلے سات سال مزید آسانی کے تھے، مگر جیسے ہر سال گرما کے بعد خزاں آتی ہے، ایسے ہی سات برس گزر گئے اور شیطان جیک کو لینے پھر آن دھمکا اور آتے ہی بولا:

"تمھارا وقت پورا ہوا۔ چلو میرے ساتھ۔ اس بار میں تمھاری کسی چال میں نہیں آؤں گا۔"

جیک گھر سے اپنی بیوی کا اُون والا تھیلا کندھے پر رکھ کر روانہ ہوا۔ دونوں کافی دیر چلتے رہے پھر آرام کے لیے ایک گھنے درخت کے نیچے بیٹھ گئے۔ جیک اسے اپنے بچپن کے بارے میں بتارہا تھا کہ جب وہ چھوٹا تھا تو اس تھیلے میں چھپ جاتا تھا۔ شیطان ہنسا اور بولا:

"یہ کیسے ممکن ہے؟"

جیک فوراً بولا: "تم خود تجربہ کرلو۔"

شیطان اس کی باتوں میں آگیا اور اس تھیلے کو اپنے قدموں میں رکھا ہی تھا کہ

دھڑام سے اس کے اندر گھس گیا۔ جیک نے تھیلا بند کیا اور ایک طرف روانہ ہو گیا۔ شیطان نے اس کی بے حد منت سماجت کی مگر بے سود۔ جیک ایک طرف بڑھتا رہا۔ ایک جگہ تین ہٹے کٹے مرد لکڑی کے ڈنڈوں سے گندم پیس رہے تھے۔ جیک نے ان سے کہا:

"برائے مہربانی اس تھیلے کو بھی کوٹ دو۔ یہ بہت وزنی ہے۔ شاید ہلکا ہو جائے۔"

تینوں مرد زور زور سے ڈنڈے برسانے لگے مگر تھیلا اتنے کا اتنا ہی رہا۔ تینوں مرد ایک ساتھ بولے:

"یہ عجیب تھیلا ہے لگتا ہے اس میں شیطان بند ہے۔"

جیک کے ہونٹوں پر ایک طنزیہ مسکراہٹ ابھری "شاید" اور وہ وہاں سے آگے بڑھ گیا۔ کچھ دیر کے بعد وہ ایک پن چکی پر پہنچا اور مالک سے درخواست کی کہ وہ اس کے تھیلے کو چکی میں ڈال دے۔ چکی والا مان گیا اور تھیلے کو چکی میں ڈالا مگر تھیلے کو کچھ نہ ہوا بلکہ ایک زوردار آواز کے ساتھ چکی ہی ٹوٹ گئی۔ چکی والا بہت غصے ہوا اور بولا:

"دور ہو جاؤ۔ یہ تھیلا مجھے تو شیطان کا تھیلا لگتا ہے۔"

جیک بولا: "یہ شیطان کا تھیلا ہو بھی سکتا ہے۔" اور وہاں سے آگے بڑھ گیا۔ کچھ دیر بعد وہ ایک لوہار کی دکان پر پہنچا، جہاں چھ لوہار لوہا کوٹ رہے تھے۔ جیک ان سے بولا:

"بھائی صاحب! ذرا اس تھیلے کو بھی کوٹ دینا۔ یہ بہت بھاری ہے شاید ہلکا

ہو جائے۔"

چھ کے چھ لوہار اپنے ہتھوڑے اٹھا کر تھیلے پر پل پڑے مگر بے سود۔ الٹا ان کے ہتھوڑے تڑخ گئے۔ ایک لوہار نے غصے میں آکر ایک گرم سلاخ تھیلے پر لگائی مگر تھیلے کا کچھ نہ بگڑا۔ جیک نے تھیلا اٹھایا کہ اندر سے شیطان کی روتی ہوئی آواز آئی:

"جیک! مجھے جانے دو۔ میں تمھیں پہلے سے چار گنا رقم دیا کروں گا اور تمھیں اپنا غلام بھی نہیں بناؤں گا بس مجھے جانے دو۔ میری کمر داغ دی ہے تم نے!"

جیک مسکرایا اور اسے آزاد کر دیا۔ اس کے بعد اس کی بقیہ زندگی انتہائی آرام اور سکون سے گزری۔

***

۹

ہالینڈ کا ننھا ہیرو

ہالینڈ کی لوک کہانی

اردو ترجمہ : راحت عائشہ

یہ ہمارے ملک سے بہت دور ایک ملک ہالینڈ کی ایک کہانی ہے، جسے وہاں کے بچے بہت شوق سے سنتے ہیں۔

"کیا کہا؟"

"کیا تم بھی سننا چاہتے ہو؟"

"تو آؤ سنو!"

یہ ایک چھوٹے بچے کی کہانی ہے جس کا نام 'ہینس' تھا۔ ہینس ایک بہت پیارا ہنس مکھ بچہ تھا۔ اس کے والد مچھیرے تھے۔ وہ روزانہ مچھلیاں پکڑنے جایا کرتے تھے۔ جب چھٹی کا دن ہوتا تو ہینس بھی ان کے ساتھ چلا جاتا۔ وہ بہت حساس دل کا مالک تھا۔ جب وہ گھر پر ہوتا تو اپنی چھوٹی بہن کا خیال رکھتا۔ امی یا دادی کے ساتھ کہیں نکلتا تو ان کی حفاظت کرنے کا خیال اس کے دماغ میں رہتا۔ صرف یہی نہیں

بلکہ گلی محلے والے بچوں، ان گھروں کا، جانوروں اور پودوں سب کا اسے خیال رہتا۔

ایک دن ہینس کی امی نے مزے دار کھانا بنایا۔ انھوں نے سوچا کہ اس مزیدار کھانے میں انھیں اپنی بہن کو بھی شریک کرنا چاہیے، جو ان کے گھر سے ذرا دور دوسرے قصبے میں رہتی تھی۔

ہینس ان کا کھانا لے کر روانہ ہوا۔ ابھی وہ آدھے راستے میں ہی تھا اسے پانی کے بند کے قریب سے گزرنا تھا۔ وہ مزے سے گنگناتا، قدرت کے خوب صورت نظاروں کو دیکھتے چلا جارہا تھا۔ اچانک اس کی نظر بند کے ایک ننھے سے سوراخ پر پڑی جہاں سے پانی رس رہا تھا۔

ہینس نے سوچا اگر یہ پانی رستا رہا تو بہت جلد اس کا سوراخ بڑا ہو جائے گا۔ سوراخ بڑا ہوتے ہوئے یہ بند بیٹھ بھی سکتا ہے۔ اس نے تصور کی آنکھ سے دیکھا، بند کا پانی سارے گاؤں میں پھیل چکا ہے۔ اس نے جلدی سے اس ننھے سے سوراخ میں اپنی ننھی انگلی داخل کر دی۔ پانی رسنا بند ہو گیا لیکن دوسری طرف پانی اپنی پوری قوت لگا رہا تھا کہ وہ اس ننھی انگلی کو شکست دے سکے۔

اِدھر ہینس کے گھر والے اس کا انتظار کر رہے تھے۔ جب وہ کافی دیر تک گھر نہ پہنچا تو انھوں نے سوچا کہ یقیناً اس کی خالہ نے اسے اپنے پاس ہی روک لیا ہو گا۔

اُدھر ننھا انتظار میں بیٹھا تھا کوئی اس کے پاس سے گزرے تو وہ اسے اپنی مدد کے لیے کہے یا وہ جا کر گاؤں والوں کو بتا دے کہ بند میں سوراخ ہو چکا ہے، لیکن شاید آج کسی کو بھی اس قصبے کی طرف نہیں جانا تھا یا سب پہلے ہی جا چکے تھے۔ صبح ہوئی اور ننھے ہینس کی بہن نے اپنے بھائی کو اس کے بستر پر نہ دیکھا تو وہ بے قرار ہو کر

اسے ڈھونڈنے نکل کھڑی ہوئی۔ اسے یاد آیا کل تو وہ خالہ جان کی طرف گیا تھا۔ اس نے قصبے کی جانب جانے والی پگڈنڈی پر دوڑنا شروع کر دیا۔ اچانک اس کی نظر ایک گٹھڑی پر پڑی جو بند کی دیوار کے ساتھ پڑی تھی۔ نزدیک جانے پر پتا چلا کہ وہ اس کا بھائی ہینس تھا۔ وہ دوبارہ بھاگتی ہوئی آئی اور لوگوں کو بتایا۔ سب دوڑے دوڑے ہینس کی مدد کے لیے پہنچے۔ وہ بے ہوش ہو چکا تھا لیکن اس کی انگلی اب تک اس سوراخ میں تھی۔ جوں ہی انگلی نکالی گئی پانی دوبارہ باہر آنے لگا۔ یہ دیکھ کر وہاں موجود لوگوں کی آنکھوں میں آنسو آ گئے کہ اس ننھے بچے نے گاؤں کی زندگی بچانے کے لیے اپنی زندگی داؤ پر لگا دی۔ جلدی سے اس پشتے کی مرمت کر کے اسے درست کیا گیا اور دوسری طرف ہینس کو بچانے کی کوششیں جاری رکھی گئیں۔

بادشاہ کو جب اس واقعے کی خبر ملی تو اس نے ہینس کو نہ صرف بہت سے قیمتی انعامات سے نوازا بلکہ اسے "ہالینڈ کا ننھا ہیرو" کا خطاب بھی ملا۔ آج بھی ہالینڈ میں بچے بہت شوق سے اپنے ننھے ہیرو کی کہانی سنتے ہیں۔

***

۱۰

دانا بوڑھا

ہندکو لوک کہانی

اردو ترجمہ : جدون ادیب

بزرگوں کے احترام اور ان کی اہمیت کے متعلق کون نہیں جانتا، ان کی رائے اور عقل پختہ ہوتی ہے اور ان کے پاس عمر بھر کا تجربہ اور مشاہدہ ہوتا ہے، جس کی بدولت وہ دوسروں کی درست سمت میں رہنمائی کرتے ہیں۔ یہ کہانی ہزارہ کی ہے، صوبہ خیبر پختونخوا کا ہزارہ ڈویژن ایک مکمل اور الگ تھلگ خطہ ہونے کے باوجود مقامی آبادی پر پختون رنگ نمایاں ہے اور آبادی بھی پختون قبائل کی زیادہ ہے۔ شادی بیاہ کے معاملات میں بھی صوبے کے دوسرے حصے کے لوگوں کی رسوم نظر آتی ہیں مگر کچھ رسوم واقعی منفرد ہیں، جن میں سے ایک "ٹمن" اور دوسری "بت کر" ہے۔

جب دولھا والے بارات لے کر دلھن کو لینے جاتے ہیں تو یہ دو رسمیں پوری کرنا پڑتی ہیں جو دراصل دو شرطیں ہوتی ہیں۔

ڈولی اٹھانے سے پہلے دولھا کے دوستوں کو بھاری بھر کم پتھر اٹھانا پڑتا ہے۔ اگر دولھا والوں میں سے کوئی وہ پتھر نہ اٹھا سکے تو دلھن کی طرف سے کوئی اس پتھر کو اٹھاتا ہے۔ اسی طرح کسی اونچے درخت کی چوٹی پر چھوٹی سی چمک دار چیز باندھی جاتی ہے جسے ٹمن گرانا کہتے ہیں۔ دولھا کے ماہر نشانہ باز دوست ٹمن گراتے ہیں، وہ نہ گرا سکیں اور ہار مان لیں تو دلھن کی طرف سے نشانہ باندھ کر اسے گرایا جاتا ہے۔ جب تک یہ دو رسمیں ادا نہ ہوں، ڈولی نہیں دی جاتی۔ چناں چہ بارات میں ماہر نشانہ باز اور پتھر اٹھانے والے طاقت ور لوگ ضرور ساتھ جاتے ہیں۔

ان دونوں رسموں کا مقصد جسمانی سرگرمیوں کی ترویج کے ساتھ ساتھ ایک دوسرے کو نیچا دکھانا بھی مقصود ہوتا ہے۔ ان رسوم کی وجہ سے بعض اوقات رخصتی رک جاتی ہے یا لڑائی جھگڑا بھی ہو جاتا ہے مگر صدیوں سے ان رسموں کے بغیر شادی کو ادھورا خیال کیا جاتا ہے۔

ایک دفعہ کا ذکر ہے کہ ایک بارات دور ایک گاؤں میں پہنچی۔ بارات میں سو افراد شریک تھے اور یہ دلھن والوں کی طرف سے شرط تھی کہ بارات میں صرف سو افراد شامل ہوں گے اور ان میں سے کسی کی عمر چالیس سال سے زائد نہ ہو۔

کہانی یہ تھی کہ دو خاندانوں کے بیچ برسوں سے جھگڑا چلا آرہا تھا۔ بڑی مشکل سے صلح ہوئی اور یہ شادی اسی صلح کو تقویت دینے کے لیے کی جارہی تھی۔ بظاہر سب کچھ ٹھیک تھا مگر اس شرط نے دولھا والوں کے کان کھڑے کر دیے اور انھوں نے بھی خوب بندوبست کر لیا۔

بارات کا شاندار استقبال ہوا۔ بہترین کھانوں سے مہمانوں کی تواضع کی گئی۔

اس کے بعد باراتی "ٹمن" اور "بت کر" کے لیے تیار ہونے لگے تب دلھن والوں کی طرف سے کہا گیا کہ وہ ایک شرط پوری ہونے کے بعد دلھن دیں گے۔

جب شرط پوچھی گئی تو انھوں نے کہا کہ سو باراتیوں کو سو بکرے کھانا پڑیں گے ورنہ ان کو بغیر دلھن کے واپس جانا پڑے گا۔ یہ شرط سن کر دولھا والے دنگ رہ گئے، بھلا ایک آدمی ایک سالم بکرا کیسے کھا سکتا ہے۔

وہ سب پریشان ہو گئے اور آپس میں صلاح مشورے کرنے لگے مگر کسی کو اس مسئلے کا حل نہ سوجھا، پھر اچانک ان کو یاد آیا کہ وہ لوگ ایک بوڑھے کو بڑے ڈھول میں چھپا کر لائے ہیں، اس سے مشورہ کرتے ہیں۔

وہ لوگ چپکے سے مہمان خانے میں آئے اور بوڑھے کو سارا احوال سنایا۔ بوڑنے نے کچھ دیر سوچا اور پھر مسئلے کا حل بتا دیا۔ دولھا والے باہر آئے اور دلھن والوں سے کہا کہ وہ یہ شرط پوری کرنے کو تیار ہیں مگر بکرا ایک ایک کر کے لایا جائے۔ فوری طور پر ایک سالم بکرا بھنا جانے لگا۔ دولھا کے دوست میدان میں کسرت کرنے لگے، ورزش کرنے لگے تا کہ کھانا ہضم ہو جائے۔ جب ایک بکرا اچھی طرح بھون لیا گیا تو دوسرا ذبح کر دیا گیا۔ سالم بکرا جب دولھا والوں کے پاس لایا گیا تو دولھا کو چھوڑ کر باقی سب افراد بکرے پر ٹوٹ پڑے اور کھا پی کر وہ پھر میدان میں جا کر کھیل کود میں مصروف ہو گئے۔ اس طرح وہ چار بکرے کھا گئے اور شام ہو گئی اب دلھن والے پریشان ہو گئے۔

ان کا اصل مقصد یہ تھا کہ دولھا والوں کی تضحیک ہو اور وہ سو بکرے کھانے سے انکار کر دیں، وہ ڈولی نہیں روکنا چاہتے تھے مگر یہ معاملہ شروع کر کے وہ خود

پھنس چکے تھے۔ دولھا والے بغیر بسم اللہ پڑھے بکرے پر ٹوٹ پڑتے اور چند ہی لمحوں میں پورا بکرا غائب ہو جاتا۔

جب پانچواں بکرا بھنا جا رہا تھا تو دلھن والوں کو شک ہوا کہ بکروں کو اس طرح کھانے کا طریقہ کوئی نوجوان نہیں جان سکتا تھا۔ ضرور ان کے ساتھ کوئی دانا بوڑھا ہے۔ انھوں نے ایک تیز طرار بچے کو مہمانوں کی طرف روانہ کیا اور ان کے سامان میں گھس گیا اور آخر اس نے بوڑھے کو تلاش کر لیا۔

اس پر خوب شور شرابہ ہوا اور دلھن والوں نے شرط پوری نہ کرنے پر واویلا مچایا۔ دولھا والوں نے ناجائز شرط رکھنے پر احتجاج کیا۔ آخر دلھن والوں کی طرف سے بزرگوں نے فیصلہ کیا کہ اس معاملے میں کوئی ہارا اور نہ کوئی فتح یاب ہوا۔

تھوڑی دیر بعد دولھا والے فتح کے شادیانے بجاتے ڈولی لے کر جا رہے تھے اور وہ دانا بوڑھا نوجوانوں کے کاندھے پر سوار تھا اور ہنس ہنس کر کہ رہا تھا کہ "کم بختو! مجھے نیچے اتارو۔" مگر نواجوان اس کی سن ہی نہیں رہے تھے اور دلھن کے گاؤں کے لوگ، عورتیں اور بچے چھتوں پر چڑھ کر اس دانا بوڑھے کو دیکھ رہے تھے جس نے اپنی عقل مندی سے ان کو شکست دی تھی۔

یہ شادی برسوں تک زیر موضوع رہی اور آج بھی اس کا قصہ مشہور ہے۔

***